东北流亡文学史料与研究丛书·作品卷

水塔

雷加 著

北方联合出版传媒(集团)股份有限公司
春风文艺出版社
·沈 阳·

主　　编　张福贵
作品卷主编　滕贞甫

图书在版编目（CIP）数据

水塔/雷加著. —沈阳：春风文艺出版社，
2019.11（2022.2重印）
（东北流亡文学史料与研究丛书）
ISBN 978 - 7 - 5313 - 5700 - 1

Ⅰ. ①水… Ⅱ. ①雷… Ⅲ. ①短篇小说—小说集—中
国—现代 ②报告文学—作品集—中国—现代 Ⅳ.
①I216.2

中国版本图书馆CIP数据核字（2019）第232295号

北方联合出版传媒（集团）股份有限公司
春风文艺出版社出版发行
http://www.chunfengwenyi.com
沈阳市和平区十一纬路25号　邮编：110003
永清县晔盛亚胶印有限公司印刷

责任编辑：姚宏越　刘　维　　　责任校对：陈　杰
封面设计：马寄萍　　　　　　　　幅面尺寸：155mm × 230mm
字　　数：180千字　　　　　　　印　　张：12
版　　次：2019年11月第1版　　印　　次：2022年2月第2次
书　　号：ISBN 978-7-5313-5700-1
定　　价：48.00元

目　录

一支三八式

一

三连二排，一共二十六个战士。他们在第二线上，防守一个海拔四百米的山头。

由这个山头上，可以看到一片乱石河滩，零零散散的几丛灌木。对面山头笼罩在云雾中。昨天夜里，激战正在对面山头的那面进行着。

但是现在，从早晨直到现在，敌人还没有放过一炮，我们也没有还击。保持沉寂，当然不是战场上的义务。这很难受；但是也是难免的。

战士曹清林以为，没有枪声的火线，比今天的天气——没有雨滴的阴天，还要糟糕。他把右手掌放在眉心上揉着，心里咒骂着。他不高兴敌人，甚至也不高兴自己人。

在他右边，高大成像是睡着了，伏着不动。左边是排长，躲在一块岩石后面向下探望。在这一排里，唯有排长一个人可以这样随意瞭望。起初，曹清林有些妒忌，可是后来他不这样想了。因为排长的脸像一面镜子，他从排长的脸上，也可以猜出战场上的变化。为了这个，又为了他离得排长最近，还有些得意呢！

这时，他听见排长嘟囔道："这些没长眼睛的，干的什么事呀！

我真不信一群活人看不住鬼子。鬼子用骑兵正面冲,咱们就得注意骑兵后面的大部队。糟!糟!人家一晃,就把山头占啦,一天的劲白费啦,还有什么话讲?对面山头一丢,敌人把重火器运动上去,整个第一线就算垮台。看吧!第一线站不住脚,咱这第二线有个屁用!……"

第二线,除了三连二排之外,还有五连在左翼。排长向左望了一眼,在岩石后面坐了起来。曹清林冲到排长跟前,问:"什么?排长,让我去!"

排长擎起拳头,威胁道:"抢死鬼!你动什么,怕敌人发现不了你……"

曹清林一弓身子退下来。他学高大成的样子,伏下不动了。但他的下巴却在一张一合地动着,活像有一口难咽的东西搁在嗓子眼里。

第一颗炮弹落在一块岩石上炸开了,破片和粉散的石块飞在空中。只听见排长的声音在喊:"卧倒!不要动!"

战士们都高兴尊重这个战场上的纪律。敌人最怕我们伏下不动,这样会把炮火的杀伤力减到最小的程度,并且,这样伏下不动,敌人有时以为我们退去了,便大模大样地摸上来。只有这时,我们才好从地缝里钻出来,杀他个痛快。

低云落在腾起的烟柱上。炮声响彻了山谷。硝烟和黄粒的尘土,刺激鼻腔,使战士们呼吸艰难,头发晕,仿佛大地在转。

前一刻钟,三连二排觉得自己的兵力还很雄厚。现在,他们失去了第一线,像是伸在外面没有戴钢盔的头一样了。这条不长的战线,在密集的炮弹下面,像一条蛇似的扭转着,翻腾着。它也许会像皮糖一般被扭断吧!因为他们既没有应援部队,也没有配备一挺机关枪。他们仅仅是一个被敌人所轻视的二十六个战士,使用着十八支杂牌枪的农民队伍。

炮声拖着沉重的尾音,在山坳里回转。炮弹密密地围住了山腰;但战士们斗志昂扬,个个摩拳擦掌,等待着一个山洪一般的冲锋。

一颗炮弹滑过山脊,向山后落去。它的尖啸的声音,引起了一声惨叫。排长一鼓劲蹲起来。他预感到什么不幸似的，张开了嘴，脖筋起得老高，他的火红的眼睛凸得十分怕人……

这时，一个红头涨脸的通信员，由山底下爬上来。他朝着排长敬个礼，同时哑着喉咙喊了一声"报告"。排长猫着腰溜下去，这才立直身子向通信员走去。他问："送来什么命令？"

"退却！"

通信员简洁地说，顺手把命令交给排长。

战士们听见通信员的话，也跟着溜下来。他们咕噜着什么，有的小声问："不打一枪就退吗？"

"你没看见通信员送命令来啦！"有的这样聪明地回答。

排长把命令看也没看揉在手里，胸脯扑扑直跳，向站起来的战士扫了一眼，不安地问："刚才是哪个？"

六班副班长知道排长要问的，这时屈着风湿的膝关节，凑近两步答道："报告排长，刚才是我们班长，他……他这么一抬头，碰上啦！"

副班长把左臂弯着伸出去，向前一压比画着。但是排长没有看他，身上打了个冷战，茫然地想："这真糟，哪怕再待一会儿，鬼子准摸上来，弟兄们早就准备拼刺刀啦！这来了退却命令，六班长又……"他皱起眉头问："他呢？赶快派个人看看！"

派去的人回来说，那里留下一个炮弹坑，什么也没有……

这是一个谜：敌人的炮弹正落在六班长身上了呢，还是把六班长掀到山沟底下了呢？这一切都不能仔细研究了，因为退却的命令是不能耽搁的。排长的拳头越捏越紧，朝敌人的方向挥了一阵，才领着这二十四个人，向山下走去。

有谁在说："撤退命令来得不早不晚，这真该着，怎么这么巧呢！"

二

一层云雾像穿不透的垂柳，填满了山谷。暮色来临得特别早，湿漉漉的，黑色的岩石，悬在头上，悬在半空中。

三连二排，这时把炮声留在背后，踏着狼粪，在一条没有野草的小路上走着。没有歌声，也没有谈话声。这一支队伍，在一天的饥饿、寒冷、战斗中，疲倦不堪了。

山下，沿着小溪的左岸，伸展着一片荞麦田，往日跳跃在阳光下面的鲜艳的花朵，现在低着头，声息不动，仿佛变成了一片严冬积雪。荞麦田的尽头，是一个没有炊烟的村子。远处一片榆树林，消失在低垂的阴云中间。

曹清林跟在排尾，同高大成一起走着。他俩衣袖碰着衣袖，枪托碰着枪托，只是谁也没有开口。在班上，他们爱高大成的老实，也爱曹清林的勇敢。行军的时候，病号们把高大成当作忠实的朋友；但在战斗中间，战士们都愿意跟在曹清林后面冲锋陷阵。高大成生得矮壮，眉毛又粗又短，一张姜黄的脸盘，嵌着一双珠黄的眼珠，看去像烟熏了一样。曹清林额头不低，鼻峰更高，他的又黑又大的眼睛，又活又亮。有一回，高大成没有选上奋勇队，一个人躲在地窖里生闷气，曹清林不慌不忙地走来，转了一遭，向他借了三颗子弹，说："下次我借给你六颗……明白吗？下次你就……"高大成为了感激，他又把一颗手榴弹放在曹清林的手掌里。

现在，曹清林只顾往前走。他的水蛇腰半扭过来，用鼻音对高大成说："你说，咱们打过败仗吗？"高大成愣住了。他觉得说到心尖上了，真的没有打过败仗。走了几步，曹清林又扭过头来，继续说道："真他妈怪，今天一枪没放就退啦！"高大成又认真地想了想：真的没有放过一枪。

"怪不怪的，六班长可牺牲啦！"高大成望着曹清林的后脖颈，小心地跟了一句，接着低下了头。

"这才叫……不够本。"曹清林拖着后脚跟，向排头望了一眼说，"要不是排长在前头领着走，老子说什么也要留下来和鬼子拼刺刀。"

他们转过一个山头，顺着一条石砌的小路走进了下社村。

下社村是个受过战争洗礼的村子。他们的粮草早就埋在山里，人们也都早有准备，只要画着三个十字插着鸡毛的通知，由上一个村子飞到下社村，他们便卷起铺盖，打着驴子漫山漫野地奔去。这一回，村长和动委会的工作同志挨门挨户检查过了，把陈老爹和一只誓死不离开家门的老狗送走之后，村子里什么也不留了。他们走到连部，仿佛说："村里连一根火柴也找不出了，但是你们还需要什么呢？我们军民一家，说吧！"

他们拍拍腰板，就像给养不是在山洞里，马上可以从腰包里掏出来似的。

连部设在一个门楼下面。说起连长这个人，究竟和众人有些不同。他一刻也不得安静，来回走着。他看战士的时候，总是先看到脚，先看到枪，再看到人，仿佛有了脚和枪，才有了人的全部生命。

现在连长站在门楼下面，听着刚从第二线退下来的排长做报告。他把所有的枪看遍了，又把所有的脚看遍了，才问："你们为什么退下来？怎么退下来的？"

"通信员去啦！"排长僵直地站着，迷乱地答，"我看见通信员爬上去……"

"他爬上去，我知道他是送命令去的。后来怎的？"连长又问。

"我……我没有来得及看命令……"排长知道定准出了岔头，赶急把扭成一团的命令展开，读了下去。

连长等待着。他望了一阵白杨树上飞空了的乌鸦窝，又倾听着远处的炮声。这时，他才气呼呼地说道："你低着头，也挡不住你的羞。你们不按照规定时间就退下来，谁叫你们退下来的？连一个钟头也支持不下去了吗？五连没有你们掩护，怎么退得下来！"

"通信员送去命令……"排长小声辩解着。

"怎么？命令传达错了吗？"

"没有。他说了声退却，我也没有看……"

"谁叫你不看？在前方给你的命令，你预备拿到后方再看吗?……"

隔了一会儿,排长又从头解释:"我站起来……正是那一会儿六班长阵亡了。我站起来,战士们也跟着站起来,就这么的……我先看看命令就好啦!"

可以看出排长的腿肚子在颤抖,战士们也在这种慑人的气氛下,坐在一块小草坪上,忘记了吸烟或是谈笑。

连长听了排长的话,震惊地问:"哪个班长?你说的哪个班长?"

"就是那个……"

排长一时说不清楚,又是六班副班长上前一步,抢着回答:"有一支三八式的那个,就是他,炮弹飞过来,他向前一探头,炮弹就把他掀下去了。"

六班副班长又在模拟着班长的姿势:把左臂伸出去,向前压去。

连长问:"六班长牺牲了吗?"

"牺牲啦!"副班长答。

连长又问:"派人搜索了没有?"

排长低着头答:"派啦!"

连长把两臂交叉起来,压在胸脯上,仿佛怕胸脯炸开似的。他挨着个向战士们望了一眼,好像他认为六班长还在队伍里似的。

曹清林站在副班长身边,连长的眼睛在他身上停了一下,战栗通过他的全身,他感到一阵热情的激动。随后连长的声音又问:"他呢?"

"没有抬下来……跌在山沟里啦!"

"他……"连长背过脸去。只见他背躬着,他那褪色的军衣肩膀上,补着一块补丁,如同远处山坡上那一块四四方方的谷田。这时连长想起了六班长的为人。六班长是河南人,从他嘴里永远听不见一个不字。他多咱都是奋勇队第一个报名者,昨天他才递了入党申请书,而现在……

阴云四合的天空,开始掉下稀稀疏疏的雨点。他们还看不见它,只是在脸上、手上感觉到它。

"六班长不在啦！"连长一面踱着方步，一面喃喃地说，"想想他，他是咱们连队里最好的班长。打仗勇敢，从来不曾挂过花。今天没有冲锋陷阵，也没有放一枪；但是他牺牲啦！"在这种情况下，就像行军中丢了一个人似的，排长应该负完全责任。因之连长的目光又落在排长的身上，突然伤心地问："你们也到山沟底下去找过他吗？"

没有人回答，好像上自排长、下至战士都没有长嘴巴似的。雨点下大了，敲着雨布嗒嗒直响。

"可是，他也许滚在山坡上，被树枝挂住了？"连长提高了嗓音接着问，"为什么不呢？既然弹坑里看不见什么，一定是受了震动滚下去的。他一定昏迷了，现在也许醒了；可是你们全撤了。……还有他那一支枪呢？他是多么好的一个神枪手。他那一支三八式是敌人亲自给我们送来的。你们使的什么枪？水莲珠，套筒，金钩，老毛瑟，还有唐县造，哪一支能顶得住他的枪。六班长活着的时候，他是怎样对待那支枪的？你们，你们又是怎样对待六班长的？"

连长两只眼角上拖着很多皱纹，在阴影中抽动着。他站下来，声音也越来越低了。

新战士郭永清鼓着嘴巴，小声嘟囔道："这算什么连长，为了一点小事也值得叫咱们在雨底下挨淋！简直发疯！"

连长的话，在战士心中引起了不同的反响。有的说："是呀，六班长是多么好的一个人！还有那支枪……"有的说："不，人都牺牲了，枪有什么用？"郭永清是新俘虏的国民党的兵，他的头就像拨浪鼓似的不得安静，平常最爱说连长的坏话。他说连长没有派头，不背武装带，马靴后跟也不嘚嘚地响。这是谁？只有国民党的连长才这样；可是他们净打败仗。说到我们连长，那可是穿过枪林弹雨不怕死的抗战英雄。

曹清林听了郭永清的话，咕噜一声跳起来，喷着唾沫星子吼道："你说谁发疯？我看你整天发疯。"

郭永清不慌不忙往地下吐着口水，没作声。曹清林又说："老子早就看你两路。"

郭永清这才偏着头，用他那尖鼻子对着曹清林说："最好把眼睛挖下来，不要看。"

"老子就要教训你这个兔杂种！"

曹清林抡起拳头，高大成也挽起袖子站起来。所有的视线都集中在他们身上，这时，连长在上面问："什么事又吵？"

曹清林红着脸，像是受了训斥的小学生一般，垂下手来。他定了定心，忽然迈前两步，端正地站着，用另一种沉重坚定的调子说："报告连长，我，我要去……"

连长不解地问："上哪儿去？"

"我去找六班长，还有，还有那支三八式……至不济我也能把三八式拿回来。"

战士们面面相觑。他们知道战场上变幻无常，他们退下来，说不定马上又要转移。但曹清林镇静自若，仿佛要到集会上去找回一只遗失的鞋似的。说起来话长，有一次连长把曹清林拉到连部里，亲自对他说："曹清林啊！放猪不用识字，八路军不识字可不行啊！在课堂上不要再打瞌睡，要好好地学习！我就是这样学习的呢！"曹清林噙着眼泪对连长说："好吧连长！这不是三天两朝，往后如再看见我打瞌睡，就当面打我耳光好啦！我……我不会跳河的。"连长握住他的手称赞着："不错，你还够得上一个革命同志。"曹清林今天，就是以这种革命同志的精神出现的。

曹清林的精神，鼓舞了其他的战士。登时有五六个人站出来，提出了同样的请求。

连长感激地望了他们一眼。他走下台阶，单单拍着曹清林的肩膀，问："你真的要去吗？"

"我去。"曹清林把肩上的枪扶正了答。

"你真的能把人和枪找回来吗？"

"能。"

"怕你摸不清在什么地方吧!"

连长这么一连串问着。他又望着站得一溜齐的其他五六张同样坚强可爱的脸,他多么喜欢像曹清林这样的汉子。另一方面,曹清林以为连长这样接二连三地问他,是不相信他。连长的眼光射在他的脸上,像火烤的一样。他用粗手掌抹了一把脸,说:"连长,让我去吧!六班长不在山头上,就在山沟里。"

但是连长更加犹疑不决,慢丝丝地说道:"一天跑不到头的山沟,你到哪里去找呢?要是炮弹炸飞了,不要说人,连枪也找不到的!"

"炸飞了,那就是……把六班长的帽子捡回来也是好的。"曹清林哭丧着脸说,"炸飞了的零件不也用得着吗?不用说别人,我枪上的退子钩早不中用啦!高大成的枪,打了补丁还缺好些零件呢,再说,六班长写的家信还揣在我的怀里……"曹清林低下头,泣不成声了。

"好同志!"连长的手在曹清林的肩上摇了摇,"我看你还是不能去。怎么说不能去呢?你想,敌人的炮火眼看就要停了,炮一停他们准得摸上来……你去了,说不定回不来,你,连你也会丢在那儿。我说的就是这个。全归队吧!"

连长说到这里,其他五六个战士回到原来的位置上,只有曹清林仍然站在那里。连长转身走上台阶,对所有的战士说道:"同志们!你们看吧!曹清林穿起军装来,还像一个庄稼人;可是他已经是一个真正的抗日军人啦!刚才他带头要去找回六班长。他爱护自己的弟兄,他也爱惜全连最好的那支枪。如果说六班长牺牲了,他的精神并没有死,在我们连里出现了五个六个、八个十个像六班长一样坚强的人。让曹清林做我们的榜样吧!我们要学习他的精神……"待了一会儿,连长才接下去说:"可是他不能去。我还没有接到团部的命令,我不知道我们要在哪里集结。再说,刚才的教训告诉我们,曹清林说不定也会牺牲的。我们既牺牲了一个,就不应该再牺牲第二个呀!"

"对呀!对呀!"战士们在底下,细声地附和着。

曹清林却转过身来，张开两只膀子，对所有的人喊："同志们！请你们想一想，哪一次奋勇队我没有参加？这次也和奋勇队一样，只是我一个人去，这是因为用不着两个人去，让我去吧！我不会抱怨谁，我从当兵打鬼子那时起，就下了决心……"

这时排长也向前迈了一步，对连长说："这是全体战士的要求，让我去吧！我路子熟，能更好地完成任务。"

排长实际要说的话，不止这些。既不是借此赎罪，也不是凭空表白一下自己的心愿。他从谈话中，摸到了大家都不肯说出口的思想：人是最重要的，枪也是重要的。即或找不到人，那枪也该找回来呀！

曹清林听了排长的话，更加勇气百倍，他举起自己的枪，向连长央求道："连长，还是让我去吧！我知道你心疼六班长，我也知道六班长心疼那支枪。让我去把枪托拿回来也好，不的话，六班长死也不甘心呀！我放下我的枪，让我去吧！"

站在连长面前的，是一张纯朴可爱的面孔。沉寂了好一会儿，连长走下台阶，又一次把手掌放在曹清林的肩上，对他说道："好同志，为什么不带你的枪，带去吧！千万早点回来！也许我们马上就要移动。记住，由这儿往北找队伍归队……"

曹清林又黑又大的眼睛一闪，笑了。他把自己的枪往肩上耸了耸，颠着清爽的身子，一溜烟儿在云雾中消失了。

三

曹清林半张着嘴，气喘喘地一直向前走去。石块在他脚下滚动，一股涧水，在草丛中发出了清脆的响声。天上没有一点风，由阴森的山壁上，不住地沁出一阵阵的寒意。曹清林把子弹袋缠在腰上，脊背上空出来的那一窄条，觉得格外寒冷。

曹清林一边走着，一边不时地向山头望去。这时在他心里起伏着种种念头。他想着六班长如果还在山头上就好了。六班长在他们中间，是顶会用手榴弹的一个。他常常在老百姓的门框上，挂上一颗手榴弹。这样，就是房子里装上一屋子鸡蛋，敌人也不敢拿走一个。曹清林又想起，自己由队伍里站出来的时候，高大成拉了他一把；可是后来他也站出来了。曹清林知道高大成和自己心连着心，没有叫高大成去，他也没有抱怨，而且临走时，高大成也没有忘记把四颗子弹塞在他的手掌里。这是他们之间开不尽的友谊的花朵。一忽儿，另一幅情景又在曹清林的脑子里出现了。他参加队伍还不太久，在别人看来，他不过是一个军装还没有褪色的新战士。他记得他来的那天，一个家伙在他身边打圈子，然后问道："你为什么来当兵啊？""我来打鬼子。"曹清林气盛而又谦虚地答。"吓，说得怪好听，你打鬼子为什么不早点来呢？""怎么？"曹清林心里想，"莫非他知道我原先死不肯当兵那回事吗？准是民运组告诉了他，他这才来挖苦我的。"曹清林这时讷讷地说："先前我有家呀！有老婆，有孩子。你不是也有吗？"那人偏又跟着追问："可现在怎么又来了呢？""那还用说，我现在没有家啦！鬼子杀了老婆孩子，烧了房子，我要报仇哇！"那家伙听了这话，嗤着鼻子，翻着眼睛说："你现在来，有点晚啦。你别看我是从国民党那边过来的，我干了六个月，一开头就有我，房子还好好的，我的老婆也没有死……"他说完，呷着嘴唇走开了。曹清林当场气得脸色发青，不好发作。后来一打听，这家伙叫郭永清，所说的是一套假话。从此，曹清林时时提防着他，而且有意和他作对。今天曹清林决心去找六班长，也和郭永清凭空骂起连长来有些关系。

这时，炮声忽然停止了。曹清林也跟着站住，一阵空虚和不安包围了他。

在他们刚刚退下来的山头上，弥漫一片白雾，如同为了寒冷，戴上了一顶白兔皮风帽。曹清林站着不动，眯着眼睛发起愁来。他想：在山底下看不准六班长刚才卧在山头上的位置，叫他钻进云雾里可怎么找呢？

但是，六班长跌下来的那条山沟就在眼前。这条长长的山沟，就像通气孔似的吹着一股劲风。曹清林在沟口那里站稳脚步，思索了一番。于是决心爬上山头之前，先要搜索一下这条山沟。曹清林走进山沟，顺着夏季暴雨冲刷下来的尖削的岩石向前爬着。岩石上生着厚厚的青苔，青苔下面流着潺潺的溪水。曹清林的鞋子早已湿透了。他常常从岩石上滑下来，这时，他就不得不同时伸出两手，向前爬行。

走了四百米左右，曹清林终于发现了六班长的尸首。六班长两臂摊开，下肢半屈。他的胸部垫着一块岩石，面孔向左侧着。右耳根以上，被炮弹揭开了一个锯齿形的斜面。血渍沾满了头发，并且流进了脖颈里。六班长好像是一直跌下来的，中间并没有在山坡上滚动，也没有碰到一根树枝，就像一块石板平铺地落在这里了。由整个姿势看来，六班长也没有抽搐过，好像在坠落中间就闭了气。

曹清林轻轻地走上前去，把一只湿漉漉的手掌放在六班长的胸脯上。他噙着一包泪水，这样希望着："也许还有一口气吧！"

六班长的胸口，已经像石块那样冰冷了。曹清林把手缩了回来，站直了身子，他的眼睛也跟着从六班长身上移开，低下自己的头，对着光荣牺牲的六班长，致深沉的哀默。当他绞痛的心稍一平复，四周望了一眼，并没有枪。他蹲下来把六班长的上身掀起，摘下了那挂沉甸甸的子弹袋。同时，只有他才能这样熟练地把子弹袋横在膝盖上摸着："一，二，三……九排。"纵然如此，曹清林的手越来越抖，他的心也要从嗓子眼里跳出来似的。这是因为另有一片血影，在他脑子里旋转。这是一段永生难忘的回忆。

那一次，敌人从望都出来八百人进攻阜平，曹清林中途得了信，忙着跑回村子送信，没等到村子他就叫敌人的宣抚班抓去了。日本人先叫他搬运子弹，又叫他赶驮子跟队伍一块走。敌人在杨庄岭同游击军开了火，又叫他同一个老乡抬伤兵。子弹在头上飞，他的腿肚子哆嗦得直要蹲下！那一仗敌人触了霉头，丢盔弃甲地退回了望都县城。曹清林半路上逃出来了，他高一步低一步地走进村口，想不到于大善人迎面告诉他说："房子烧成灰啦！你还往哪里瞎撞啊！先到坟头上去看看吧！你的喜儿和她妈全躺在那里。这一阵兵荒马乱的，鬼子来了谁都要躲一躲。可是你老婆最最死性没有，她听说你被鬼子抓去，就向鬼子要人，拖住鬼子官不放手，还不是一刺刀一个，在关帝庙前……"血呀！血呀！他看见了关帝庙前的血，和眼前六班长的血有什么不同呢？这血在告诉他："血仇要血来报！"

曹清林圆睁着两眼，心里一团怒气塞得满满的。他把六班长的手榴弹袋（里面只剩下一颗了）一把扯下，又搜过握在六班长手里的那颗待发的手榴弹，不停脚地冲上了山头。

浓雾一会儿就把他吞没了。他在山头上摸索了半天，才找到了过去自己的位置，又找到了排长的位置，这样他就不难找到六班长的位置了。这时他想起了一颗炮弹怎样从头上飞过去，通信员怎样走上来，排长又怎样从岩石后边站起……他用手向那堆松土抓去，那支三八式像等他来临似的，光闪闪地露出来了。不管他怎么气喘，浑身又怎么淌着大汗，当他一双发烫的手握住冰冷的枪机时，一阵难言的快感穿过了他的脊背，他忍不住要笑出声来了。

四

从三连二排离开这个山头，到曹清林又重新回到这个山头，才不过一个钟头的光景。下一个钟头在退却命令上，应该分为两半。左翼五连要在前半个钟头退却，由三连二排掩护；五连退却之后，后半个钟头才是三连二排退却的时间。

现在正是五连退却的时间，于是五连连长按着那只没有了秒针的表，把自己的队伍引下了山头。因为命令上，说明了三连二排担任掩护他们退却的任务，所以他们放心大胆地通过了那条山沟，继续向集合地点前进。这时他们以为三连二排正在山头上，怎么能够想到当他们在黑暗中当作一段树根踏过六班长的尸身的时候，山头上只有曹清林一个人呢？并且怎么知道曹清林才刚刚爬上这座山头，他在云雾中找着了那支三八式，正在急促地喘着气呢？

五连拖长的疲惫的行列，仍在慢慢地向沟口移动。他们到达沟口时，在他们背后山顶上，响起了两颗手榴弹的爆炸声。五连连长急忙派出警戒，又叫部队散开，做出了迎击敌人的准备。他们所望到的山头，白蒙蒙的一片，什么也看不清楚。只听见手榴弹的声音又继续响起来，随着就是枪声。他听得出来其中有一支三八式枪声，响得特别清脆。这不是敌人的，因为，敌人的枪声隔着山头沉闷而混乱。他知道三连二排有一支呱呱叫的三八式，而且他也知道六班长使唤这支三八式。这时三八式竟像机枪点射似的响着。他向战士们解释道："没有什么，山头上是三连二排的阵地。鬼子玩惯了那套把戏。他们利用云雾做烟幕，摸我们的阵地。让他们摸吧！不论哪次，我们都会稳住不动，等面对面了，再乒乓二十五打他们落花流水……"

连长轻松地微笑着，战士们听着枪弹划破天空的尖厉的啸声，也跟着微笑了。因之，在他们到达目的地之前，既没有应援的举动，也没有遭到什么不测。

当夜，由于上级的指示，整个部队向梁家寨行进。在三连的行列里，高大成忧郁地拖着沉重的步子。因为曹清林的位置空着，他直到现在还没有背着那支三八式转回来。

大队本来要在梁家寨来吃一天之中唯一的一餐；但是因为又接到了一道命令，所以只休息了半个钟头，连一口水也没有沾，就又向毛家铺方向集结。

敌人的便衣侦探，当我们离开时就混进了下社村。根据我们的脚印知道我们部队已向梁家寨撤退了。于是，那些刚才为了摸三连的山头受了不意的狙击的敌军，便蜂拥般穿过下社村，一直推进到横在下社村与梁家寨之间的阎王岭。

第二天，黎明之前，我们的战斗部队便吃过了早饭。看样子又要出动了。队伍站得整整齐齐，只有曹清林的位置还空着。连长的眼睛向远处的山峰望去，然后在队伍前面站住，说道："……同志们，我们这次调转兵力，在游击战的观点上是完全正确的。敌人这次进攻，是进攻整个华北，进攻我大武汉的开始。敌人这次下了最大决心，用十几路兵力，分进合击，完全不顾前后方的联络，他们要攻打某个地方，他们可能攻下来的。但是，我们要怎样呢？我们不能硬撞。大家知道我们的边区是在敌人的后方，同鬼子打起仗来，我们的队伍还要钻到敌人的最后方去，这就是先把鬼子引诱进来，然后侧击他，伏击他，那时我们一个人打他十个人，十个人打他一百个人，把他整个消灭……"

于是，这支队伍越过了滹沱河的北岸，又向左移动了。排长走在最后，战士们也个个不时地向后望去，仿佛曹清林就会赶来似的；可是他们一过河，就把木桥拆除了，准备用仅余的子弹来侧击渡河的敌人，并且，准备一过河就派三连二排，如同他们自己所请求的，折到后方去打扫战场。

雾已经散开了。阴云飞舞着，有时在东面，有时在西面，在山尖与山尖之间，可以望到一块薄明的天空。天似乎要开晴了，太阳快要钻出来了。

昨天高踞着三连阵地的山头，这时被透过黑云的斜射光线照耀着。山顶上布满了漏斗形的炮弹孔，新土翻上来，偶尔有一两根野草从新土壤里翻出身来，随风吹着。一切都很静谧。曹清林躺在这里，已经一夜了。他的头枕着前面那挂子弹袋，想是他为了射击方便，子弹袋就一直这样摆着的。从前凸凸的子弹袋，现在空了。曹清林左脚大脚趾露在破鞋外面，那宽厚的趾甲上有一层黑泥，像是镶上了一条奇怪的边缘。他的灰军衣，贴着地面的那一边是湿了的，深下去的颜色同他腋下的汗渍一样。他的发青的眼皮微微张开，从这条缝里可以看出一条瞳仁的闪光。他的嘴大张着，像是刚才大笑过一场。就在这被小米磨韧了的口腔里，他含着一颗敌人射来的子弹死去了。

说起当时，他的身子又胀又热，只有把耳朵贴着潮湿的地面，才觉得凉快些。但是，他这个动作，使他意外地听到一种声音。这声音是由地里传出来的，像是石头在山坡上滚动，还有铁器撞击的声音。曹清林抬头看了一下，什么也看不见。他又把耳朵贴着地面听去，这才断定敌人来摸山头了。他的心因此跳起来，虽然他的耳朵还贴着地面，但他的两膝已支着地面，使他能够用右手握紧了手榴弹在准备着。曹清林又一次仔细听去，这次是他有意识地根据这种声音，来推测敌人的方向和距离了。他在心里计算着，在他相信十分妥当的距离内，便把头一颗手榴弹扔了出去。随着爆炸而来的惨叫，使他全身的血液沸腾起来。以后他又把第二颗手榴弹扔出去，接着，他用两支步枪轮流向下面发射。他觉得山坡上乱了一阵，前后冲撞着，呼喊着，他又扔出了一颗手榴弹，山坡上的声音渐渐低沉了，远了。

曹清林兴奋地拉着枪栓，抬起头来，就在这个当儿，他被敌人的机枪子弹打中了。他躺下了，模糊地看见了连长的面孔，也看见了庙前一片血的影子；但是他还听得见敌人凌乱的枪声，也听得见敌人像潮水一般退去的声音，于是，他颤动了一下，微笑地闭上了眼睛。

他的身上，除此之外再没有什么伤害，若是较真检查一下，只能说残留在右食指上的手榴弹的丝绳，有一根狠狠地陷进了肉里。

在他身边的岩石上，平放着他的唐县造和那支呱呱叫的全连喜爱的三八式。在它们被火药熏黑了的枪口所指的斜坡上，有六个敌兵被手榴弹炸死了，五个敌兵被子弹射死了。他们，在血祭着曹清林的光荣的牺牲。

三八式的准星，映着光亮的小眼睛，翘盼着打扫战场的同志，好像已经等得不耐烦了。

1938年

水 塔

一

小袁枕着一堆破棉絮，他的头向上一挺，那被压折的头发跳了起来，他也跟着睁开眼睛，仿佛被头发扯醒了一般。

天还蒙黑，只是在"毛头纸"①的印缝中间透过来一条一条的白光，像他冬天看惯了的水柱。最早的一列火车刚刚驰过去，往日他就该起床劳作了；但是今天，他的两腿酸酸的，腰杆子也像扭过一般地痛。

他的老爹值过夜班，缩在盖头不盖脚的破被子里，睡得正好。小袁突地坐起来，按住两条大腿想了一会儿。在他有点歪曲的嘴角上，浮现着一股微笑，这是小孩子在梦寐中做过一桩称心得意事的微笑。

小袁掀开门帘钻出去了。他急促地走着，微微地摇着头，似乎是因为四月的清风梳不开他的杂乱的短发而愠恼了。他穿过一条铁轨，又穿过一条铁轨，他由月台上往下跳的时候，脚步轻轻的，膝盖富有弹力地弯曲着。他不大在意地瞅瞅车站的屋顶，或是月台上稀疏的灯光，他觉得这一切都和以前不同。以前非常熟悉的景物，今天都像是蒙上了一层类似发霉的阴晦的东西。他一直走向最远的月台的边缘，

---

① 北方一种糊窗纸。

他记得昨晚在那里藏下了一个小包。

这个小包是用风车牌烟纸包好了的。是一只粗黑的大手由铁罐里抓出来递给他的。他从前没有见过这样一只手和这样一个人。在他的幼小的心灵里，翻起了梦一般的怀疑。只有那个小包，才能证实这梦想不到的变动是真实的。

他走到月台的边缘，眼睛顺着斜坡望去，他终于发现了那一撮新土。这时他的心扑扑地跳起来。他茫然地掉转身子，呆望着车站的影子。他看见一个戴着红袖箍的人，提着一盏马灯，由电报室走进了站长室。

"他看了我一眼呢？这小家雀……"他心里说。但是在他的眼前，仍然隐现着那撮新土。因为昨晚过于忙促，在松软的新土上面，露出了一个纸角。

他跳下去，用他的皮鞋掘起新土盖上。他的眼睛一面偷望着车站，一面捞起裤管小便起来了。他记起工友们惯于在这里解手，他怕那纸包容易被人发现，或是被浇湿了，所以连忙用两只脚向前踢着，使新土遮盖了很长的一段。他故意走远了又回头端详一下，然后一溜烟儿跑了回去。

二

中国军队退却，铁路工人也跟着退却，这使他的爸爸老袁接受了与前不同的命运：老袁填补上一个空位置，从此抓住了一个饭碗。在前三年他把所有的财产吸进了烟枪，他的老婆也就在穷困中死去了。小袁是他唯一的儿子，他需要小袁，从不肯离开小袁。小袁是他老婆留给他能够消愁解闷的一个小东西，也是他忠诚有力的助手。小袁在自己的工作之外帮助他的工作，也正因为他们两份工资，实际上只开销一个人的生活费，才使老袁仍然能够抽上两口。

平常老袁对待小袁是很严厉的。老袁对小袁只会用鼻子哼，小袁也不对老袁谈什么。但是，前两天的夜里，游击队抄袭车站把小袁带走之后，老袁便像发热病似的念叨他的儿子。他在自己的心里许了大愿：盼望小袁平安回来。

今天老袁刚睁开眼，正遇见小袁掀开门帘走进来。他心里有说不出来的高兴，他要跳上前去抱着他的儿子喊："乖乖，儿子！可……"但是，他忽又习惯地沉下脸孔，不在意而又严厉地问："这两天，到哪里去啦?"

小袁在车站上训练了一双察言观色的眼睛，他瞟着老袁的乌糟的胡须，哼着答："跟着游击队走了一趟……"

"嗬，还了得！谁叫你去的?"

老袁瞪着大眼；但他的亲切的心，已在观察着自己的儿子是否受了伤。他的世故压下了他的喜悦，装着轻蔑地望着小袁说："你不要脑袋啦！少说那些闲话。站长昨天问过我，我说你到姨家去啦！听见没有?"

老袁穿上烂制服。当他扣那唯一的纽子的时候，从破袖筒里面露出来的漆黑的两肘，像是威胁小袁的一双眼睛，接着他掏出火车头表来看了看，一声不响地走出去了。

在老袁心里，这种态度的用意是非常严厉的；但在小袁看来，已是平常又平常了。

三

暖和的晴空，高高地罩着平原。站在月台上，可以望见麦青的原野。簇绿的杨柳，包围着散在四近的村庄。车站上保持了一定距离的白杨，又瘦又长，像永不理睬人的长着叶子的电线杆子。月台的士敏土，吸收着灼人的炎热，光滑的铁轨反射着刺目的光。家雀在远远的树丛上面飞上飞下，这里只有公务人员枯燥的面孔，和烦闷的旅客的脚步声。

小袁说不出来地烦躁，他在月台上遛来遛去，仿佛他是一个没有工作的流浪汉。他的手时时插在裤袋里，又时时掏出来不知放在那里是好，他不自禁地要向月台的边缘望去，又制止自己，在心里自言自语："别人会看出来的呀！"

小袁在木条长凳上坐下了。他的身子滑进椅背里，他在这里偷懒不大容易被人发现。在他背后走过两个工人，手里敲着铁棍的那个站了一会儿，指着木椅说："我说的就是这个椅子，那天晚上，我提上裤子就跑，谁听见过枪声？蒙头转向撞上啦，这牙还痛呢！"

另一个山东口音笑了一声，回答他："咱也遇着比这个还宽的啦；可是咱手脚灵活，两手一扶跳过去啦！"

他们靠着肩膀走开了，小袁还继续听见他们说："真有的吓病啦。"

"我可是，游击队再来我就跟着走……"

小袁在心里窃笑。他已忘记了那天晚上，突然的枪声，叫他多么害怕！可是这个意外的事件，想不到给他带来了新的命运。他已是游击队所熟知的人了，因此他感到他的骨节发胀，逼得他不得不挺着胸脯，在别人面前大摇大摆地走起来。

但是，他依然偎在椅背里面，独自描摹着这个惊人的事件。

四

抗战初期一个和平的晚上，十点一刻的车开出去之后，整个车站就落进黝黯和沉睡的静寂里了。小袁却觉得那天晚上和哪一天都不相同。夜更黑，灯光频频地映着眼，似乎要灭的样子。一切都使人感到不舒服。

小袁由工人宿舍走回车站，路上听见了枪声。高悬的红绿灯和所有的灯光全熄灭了。他感觉到四周有一种听不大清楚而又震动着地面的声音逼上前来，使车站的上空，突然凝结了一层阴雾。小袁就地卧下，他的心别别地跳，两腿也打战，他来不及钻车站的地洞，也不能转回去躲进附近的堡垒里。

他不敢细听那繁密的枪声，他知道越听就越多起来；好像一个人静静地仰面观天，会发现一倍和数倍的星星似的。

一阵脚步声向他走来。他的胁下架着两只大手，腿不由自主地跟着走去。他们经过漫荒的田野，跨过河渠上狭窄的桥身。他的头昏沉沉的，后来什么也不知道了。枪声远了，也许是停止了。他们被裹在大地的黑暗里，拖着脚步向前走去。

他们停歇了几次，最后在一个墙角蹲下来。有一个走开了，另一个用发热的身体偎着他，轻轻地问："累吗?"

小袁仿佛有生以来第一次听到人间的声音，骨髓里也为这句问话温暖起来了。他在黑暗中摇了摇头，又点着头。

他又被原来的两个人架着走开了。他在黑暗中摸索，如同瞎了眼睛，什么也看不到。拐了几次弯，又跨过了一件什么。突然一盏煤油灯照亮了他的全身。他映着眼睛，赶快躲在左边那个人的身后边。

这是一间堂屋，炕上放着矮桌。一顶热气腾腾的军帽，朝天地放在煤油灯的前面，它的蒸汽像一缕烟似的漫住了灯光。一个粗壮的人一手握着解开的皮带，一手抹着汗，回过头来，用四方嘴"哦"的一声说："原来是个小鬼，哦，你看你这个小红鼻子……"

小袁从来没有意识到他的脸上的红鼻子，还会引起大人的注意。他每次由候车室的穿衣镜的前面穿过时，他的面孔在细脖颈和大领口上面，显得那么小，又是那么黑，似乎满脸都是黑灰。他只是模糊地知道，在他的头上长着比黑脸还黑的头发，和比头发还黑的眼珠子。此外在面孔中间最引人注目的，是那个小红鼻尖。这时他得意地想："这家伙还不会叫我猴屁股咧!"其实他是怕别人这样叫他的。而在车站上，那些小孩子，都偏偏喜欢这样叫他。

他又随着那两个人一块走出来了，叫作队长的那个粗壮的人，再也没有同他谈什么。

他惊恐地跟着走。有一群人围着一盆白菜豆腐在吃饭，他们互相打着招呼，随后所有的目光都被吸引在他的身上。他在那些人的面孔上发现了相同的表情：欢欣，热爱，并且非常尊重他。这是他从来没有经历过的，他有生第一次被人这样热心地关照。

一张粗黛的面孔凑上来问他："你还没有吃饭吗？来来来！"

"小鬼！你脸上怎么有个烟火头①。"一个矮个子举起筷子指着他的脸。

在这个矮个子的背上有人拍了一巴掌，并且在后面骂道："你开小鬼什么玩笑！今天的炮弹还没有吓掉你的魂。喂，小鬼！你在车站上干什么？"

远远的有人喊起来："带那个小鬼到副官处来吃饭！"

那两个人应着，他也就跟着走了。他不晓得是否又换了两个人，但他注意到一个方下巴的手掌非常有力，常常爱扭他的胳膊，另外一个清瘦，细高个儿，比方下巴要沉默得多。方下巴叫方大中，方大中喊细高个儿叫老秦。

五

小袁在游击队里待了两天，他第一次在脑子里搜索仅有的记忆，向他们讲述自己的身世。当他讲到他的工钱全被老爹抽了大烟的时候，他第一次由别人嘴里听到："这个老混蛋，他怎样对待自己的儿子呀！"

他同方大中、老秦成了要好的朋友。老秦虽然会教他唱歌，但他可不喜欢那惨白阴冷的面孔。因为这面孔容易使他想起方大中告诉他的，老秦的老婆被敌人奸死和那用刺刀扎破了肚囊的两个孩子。方大中的方下巴永不停歇，一面用手抚摸着他的头，一面叨叨地对他讲着什么。

---

① 小红鼻子的隐语。

底下就是方大中讲的队长的故事。

"队长啊！有两件宝贝。"方大中开始讲的时候，老秦躺在他背后，一声不响。方大中对着小袁的眼睛，伸出两根手指来重复着说："两件宝贝呀！"

队长有一件黑棉大衣。七七事变后，队长由北京回来，在××屯上出现了。××屯是他的家，他家里有一个老母、一个老婆和一个孩子，全村的人都认识他，一多半还是他的亲戚。

敌人越来越近了。整群的难民经过××屯，年老的唉声叹气，年轻的哭哭啼啼。他看见了一个被奸淫的少妇，拖着两腿用手帕蒙着泪面，一步一步地走去。他就指着她，对一些青年说："看吧！这是罪孽！再不起来干，××屯的妇女都要被糟蹋成这个样子了！

他下了决心，用他仅有的二亩地买了几支枪。半个月的工夫组织了五十个有志的青年。

第一次袭击车站，用洋铁伪装的铁轨倾覆了由天津开到北平的一列兵车。这兵车是去围困那座死城的，但他们在半路上从路轨上滚下来，并且被一阵埋伏的子弹打死了不少。

此后，打过南圩坝，打过板桥，打过高辛庄。这时枪不要买了，那些有枪的绅士心甘情愿地捐给他。在打板桥那一次，队长带三排人抄后路。在平地上匍匐前进时，敌人机枪瞄准了目标，对着他的黑大衣施行密集射击。他马上滚脱了大衣，躲在土堆后面掩护起来。战斗结束后，他回来找那件大衣，大衣凸凸地放在那里，上面已布满了十二个弹孔。从此他永远不离开这件大衣，在战斗时，他并不穿它，一个勤务员提着一挺手提式，另一个勤务员就替他背着这件大衣。

"这件大衣有灵啊！"方大中这样结束着说，"头一次子弹没有打中穿大衣的人，以后就永不会打中的。"

"那天打车站他也穿着这件大衣吗？"小袁好奇地问。

"当然穿着呀！哦不，他的特务员背着，打仗时老是背着，你懂吗？"

"这大衣……"小袁用小拳头在方大中的手掌里顶着说,"那么那一件宝贝呢?"

"那一件宝贝就是他那个独角龙,独角龙就是一个角的龙……"

"龙是什么?"

"龙就是队长的那匹马呀!这马可厉害啦!在头上长着一只角,像一个黄金塔,摸一摸是热的,软软的;但是它不叫摸,谁也不叫摸。这是一匹黑鬃红骠马,长鬃长尾,你在前面看不见它的眼睛,在后面看不见它的后蹄。跑起来一个钟头六十里,有一次跳过一辆大车,有一次一直跳上了窑顶。它不找道路,朝着一个方向漫山漫野地跑。它跑起来两耳生风,坐不稳就会被风带下来的。它的蹄子轻极啦!刚犁过的土块都踏不破。你想吧,这里上菜后骑它进城买酒都来得及。呵,真厉害!这马于学忠花三千块钱买都没有买到手……"

"那么队长花多少钱买的?"

"老百姓送的呀,老百姓恨日本鬼子,先把马藏在地窖里。队长到了这里,整天打日本,老百姓自己找上门送给他,并且还带来一个马夫。那马只有这个马夫会喂,除了队长也只有他敢骑。"

"你敢骑吗?"

方大中乱转着眼珠子,不自然地答:"生人去了,又踢又咬……你听啊:有一次,我们得了情报,知道敌人要包剿三十里外的三支队。三支队刚到那里,一点没有布置。危险哪,不是这匹马他们就全完结啦!"

"这马怎么?"

"马夫骑着这匹马去报的信,他们得了信就退却,敌人扑了一个空……"

"还有呢?"

方大中搔着肥脖颈接着说:"还有那一次,队长遇见了飞机,这飞机是专门侦察队长的。队长回身骑上独角龙,跑了五里路进了村子,回头一看飞机还在老地方转呢!"

小袁把头枕着方大中的膝盖，想了一会儿就睡熟了，方大中由老秦手里接过烟蒂吸起来。

六

小袁只看见过队长一次；但队长的影子时刻在他的眼前出现。他想着队长的外套，想着队长的独角龙。队长披起黑大衣，骑着飞也似的独角龙，那大衣吹在后面，手里擎着枪，身体几乎贴着马颈，就像他看见过的画片那样。

小袁几乎学着队长的姿势站立着。他觉得自己就是队长，红鼻头朝下，两眼向前瞪着，手里擎着枪，在他的胯间骑着那匹快马，心里喊着："噢嗬……噢嗬……"

但他看见了自己那纤细的手腕子，他再向下看，是自己那经不起风吹的两只腿。他依然坐在椅背里，他仍然是这么渺小。他现在离开队长太远了。他是方大中在夜里送回来的。回来的时候，他的手里拿着一包炸药，耳边尽响着：水塔，水塔。

水塔就在他身后矗立着。它像一个蘑菇，又像一顶僧帽，但是什么都没有它这么大。大肚子，高跷腿。上面一根铁管弯下来，衔着一节水龙布的哨嘴，哨嘴的瘪扁的下端，滴着大点的水珠子。地面上湿了一片，混合着难以清洗的油垢。

小袁仰望着水塔的顶尖，又用眼睛测量着水塔的周身。最初他刚来到车站的时候，他不敢靠近水塔，他看去好像水塔要故意倒下来把他压死似的。

水塔，"水塔"这两个字，在他耳边响了又响。他的心里冲进一股热血，他浑身都觉得暖烘烘的。他意识到在月台的边缘上，埋着那包炸药。他的脑子记忆着那个粗手掌包好之后，告诉他把炸药埋在水塔脚上的方法。

"炸药会响的，水塔倒下来，像塌了半边天……"

他想到这儿，被一种成功的喜悦鼓舞起来。他已经是一个了不起的人了。在水塔被炸以后，车站自然要找人，但是他已经同接应部队一块走了。等他们查出只有小袁不在的时候，自然以为炸水塔的是小袁。

"小袁那时比水塔还要高……"

但是他依然是他，他还是站在木椅旁边，他还是穿着又大又破的制服，他的红鼻头还是不声不响地蹲在他的脸上。此外他像是缺少点什么，他想，哪怕手里有一把刀子，也可以比现在威武一点。

"一把刀子，至少应该有一把刀子……"

他一边想着，一边走开了。

七

小袁在水塔里面遇见了老袁。小袁踏着大步摇摇摆摆的神气，俨然是一个队长。他知道队长是被人尊敬的。他若变成队长，他的老爹自然也要尊敬他。他的眼睛像两块黑炭，那里面充满了在车站生活经验中得来的智慧。他巡视一切似的，绕过老袁的座位，贴着钢骨的墙壁，用脚尖走来走去。

老袁以为他在寻找什么，斜着眼睛盯着他。起初他为小袁这种从所未有的动作惊奇起来，但他马上恢复了威严的声调，喊道："什么样子！你看你的手。"

小袁的手是背着的。他抬起手掌来里外看了一转，又背在背后，响亮地回答他："手还不是手！"

小袁在心里算好了埋炸药的地方，站在老袁的面前了。老袁怒气冲天地挥着手掌，喝道："滚开去，这里用不着你。"

"不，爹！我两天没有帮你上水啦，我在这里，你该上哪儿就上哪儿去吧。"

后半句话是他平日来帮老袁工作时常说的。

老袁一声不响，心里有些温暖，但他还是立瞪着三角眼睛。他觉得一个父亲要有他的威严，而他的威严就藏在这三角眼睛里。

由水龙布管掉下来的水点，像钟摆一样地响着。车站上铃声叫了，铁轨振动起来，远处有汽笛声。

小袁又转在老袁的面前站住，用极平和、极沉静的声调问道："今天初几啦，咱发工资了吧？"

老袁抬起头来凝视着他，这是他从来没听见过的问话。小袁又接着说："发了工资，我要买把刀子！"

"什么刀子？"

在小袁心里所想的，是五金行里那把乌木柄上镶着金星的匕首，但他装得淡然地说："一把小刀，像金福叔的那把。"

老袁的三角眼睛变得更尖了，他的下巴摇动着。小袁看过队长像鞋刷子一般的短髭，今天再看看老袁那一绺绺羊胡子，非常讨厌。他从他母亲死后，性格变得非常倔强，这时在他老爹的面前发作了。

"你不给我买，我就走，从此我不是……"他记起游击队里骂这老混蛋的话来。

老袁跳起来，追在他的后面骂着："你走，我看你走到哪里？嗬，我倒要买把刀杀死你这野种。"

老袁没有再追出去，他扶着墙壁站住了。他一撅山羊胡子闭上了嘴唇。心里像跌落了一块什么，他疑惑着这小家伙为什么说出这种没头没脑的话来。

八

从小袁同他老爹吵过嘴之后，他每天早睡早起，在那个小窝里四只眼睛就没有对视过。白天，他远远地望着水塔，等老袁躲在水塔里的时候，他就悄悄地去察看一下由水塔的墙角上引出来的火线，火线头被一块扁平的石块压着。虽然这扁平的石块被他镶平在地面上，但他总是不去看一次就不放心。

小袁整天逍遥自在的。这是因为老袁暂时采取了放任的态度。小袁由站台上混到票房①里，再由票房混到站台。他来回地走着，其实是一点事情也没有做。这是他故意隐瞒紧张心情才这样的。

站长是一个年约四十岁的日本人，制帽永远端端正正地戴在头上。他的脸孔长而且宽，松松地包着一层有黳色斑点的皮肤，像灰色橡皮一样。眼皮像脂油一般下垂着，把眼瞳的光芒逼得像针尖一般。小袁从来不敢迎面碰着他，在他身后一转就溜开了。他知道站长那一双青筋手掌，惯于在别人面前威胁着，并且爱用这手掌打人。

站长永远是严厉的，车站上的工人全怕他。但当他不得不混在守备队中间的时候，就意想不到地软和了。

守备队隔几天就换一次。新来者拥进了候车室，站长就亲自出去招待。小袁没有看见过有谁敢在站长的面前那样呵呵地大笑，他也没有看见过站长，除了在这些狂妄的士兵面前能够这样恭敬、顺从。

站长穿着一双尖皮靴，在洋灰地上恭恭敬敬地立着，而那些守备队便在沙发上面放任地跷着腿。啤酒瓶由这只手里传到那只手里，咯咯的狂笑声像啤酒沫子似的，由那些喉头里冒出来。

日本兵士搭着膀臂，唱着小调在小巷里消逝了，留下的就把谈笑集中在旅客的身上。他们对于妇女更会用眼睛、手指和嘴唇做出极下流的样子来；然后不以为满足地也跟着走出去，也跟着消逝在红灯巷里了。

小袁在他们眼睛里是不存在的。从前小袁偷偷地看见这种情形，为他们的狂欢所传染，心叶会扑扑地扇动起来。但是从他的心里钻入了有声有色的游击队以来，他对于这一切表示怀疑。从此，那些铿铿发响的刺马针、漆亮的马靴、发红的面孔都失了光彩。

因为水塔的影子，比水塔还高还大的队长的影子，充满了他的心。

---

① 票房是候车室的俗称。

028

九

房子里挂满了衣物，密密地摆着床位。工人们喷着香烟，粗杂地交谈着。

他们都是茁壮的汉子，带着北方人的朴实的气质。他们在闲谈中间，惯用粗话来开头结尾，也爱用手掌叩打对方的肩头来加重自己的语气，或是为了表示亲近。

老袁躺在床上，他在这一些人里表面上被人尊敬，其实是人人拿他寻开心的对象。

他天天要来。他来了之后，只好装睡或是不言语。但今天，他的心情为了苦于思索小袁的话，陷入极端的烦闷中了。

今天有一个日本妇人，在这里换车，等了三个钟头。他们数长数短的，女人的脸孔啦，衣服啦，什么都谈到了。

话题慢慢地又转到了每天都谈的，游击队袭击车站的事情上去。外号叫小脑瓜的，那天晚上躲在厕所里，才逃过难关。今天连这个也没有谈起，可见，这件可笑的事讲过几次也不大新鲜了。一个工头把制帽推到后脑勺，露出广阔的前额，喊着："老袁起来，我问你小袁这几天哪儿去啦？"

老袁直愣愣地转着眼睛，望着周围的人。

"是不是这几天和你吵了嘴？"另一个公鸭嗓子接上问。

"唉！"工头提醒他，"你要注意，这小家伙鬼头蛤蟆眼的，你可就是一个儿子……"

"唉！"老袁忧郁地应着，又躺在床铺上了。

十

那天傍晚，小袁急了一头汗，在引线上裹上了一层香烟锡纸。这是方大中嘱咐他免得潮湿又偏被他忘记了的事。之后他向堡垒里走去了。他天天生活在堡垒的周围，可是他还一次没有去过。堡垒是为了保护铁路的，凡是铁路工人每天夜里都要值班。工人们都恨这堡垒。它孤立在原野之上，游击队若是高兴叫堡垒底朝天翻过来，真是非常容易。

小袁从游击队里回来，附带的任务是侦察堡垒内部构造。爆炸水塔是队长要他做的，堡垒的建筑也是队长急于要知道的。这两件事在小袁看来，同样重要。

小袁走近堡垒，心扑扑跳着，仿佛急于知道堡垒内部的情形的，就是他自己。

值班的胡大炳拉开铁门迎住了他。胡大炳长着南瓜样的头颅，眼睛凸出来，上面布满了血丝，仇视一切地横视着。别人什么事都提防他，因为他不同他们亲善，他自己也很愿意使人知道，他是不惜采用任何最后手段的样子。他起初不大注意小袁，但有一次他检查一只钱包，又躲躲掩掩地藏那只钱包的时候，偏被小袁看见了。他擎起拳头威胁小袁，小袁骂着跑掉了。虽然小袁没有告诉别人，可是从此胡大炳老想找他的碴儿。

胡大炳这时一手拉着门簧，仿佛说："你要进来吗？"

小袁是应该跑掉的；可是他偏偏进来了。另一个值班的是曹伯衡，他是这些人中间最和气最有趣的一个。他用一只手摇着，说："他妈见鬼！我当是头目。原来是猴屁股。"

小袁跨了两步，眼珠子向两旁扫着。在他的心里记住了：两挺机关枪在最上层。步枪枪眼十个或是十二个，里面有钢板掩护着。他一下子跳到曹伯衡的侧面，像是为了躲避胡大炳才这样的。他用手摸着机身说："这枪真好哇！"

胡大炳砰地关上门，嚷着："你来干什么？"

"你管不着，我是向曹伯衡要刀子来的。"曹伯衡那一把刀子正像他要买的一样，但他看见曹伯衡对他一挤眼，他不敢再开口了，因为曹伯衡把刀子别在裤带里，是任谁也不知道的。

曹伯衡马上不同他亲近了，正经地说："小刀子丢了，你要什么？这是什么地方？快滚吧！"

小袁反而依在曹伯衡的身上。他看见门后有一只电话机，电线通到地里去。在左角上有一个敞口的铁盖，和向下去的铁梯，这是地道的出入口。这些人因为有地道才聊以自慰。如果游击队来了，打电话，钻地洞，等援兵……

"这电话通哪里？怎么没有电线？"小袁轻淡地问，仿佛他问这话，并没有什么用意。

胡大炳打开门，用愤怒的眼睛指着门外，小袁不得已低着头走出去了。

十一

小袁夹在旅客中间，他想要在车站上做一次掮客。照车站的规矩这是有害公务、侵犯行会利益的举动；但小袁应该不在此列，因为他今天或是明天就要做一件惊天动地的大事情。现在他需要一把刀子，为了要买刀子，他才来做掮客的。

一列快车擦着铁轨停下来了。车头喷着蒸汽，独自向前开去，转入支线，停在水塔下面。小袁在人群中间转了转，因为他不惯于应接，他所要做的生意一项也没碰到手。他忧伤地走回来，失败对于他真是一件大不幸。

他走到水塔后面，看见车头声息俱寂地横在铁轨上。一个穿蓝布衣的司机正同站长由对面的月台跳下来。他看见了司机的愤怒面孔。这时老袁提着裤子由厕所里出来。

站长马上看见了老袁，焦急地等待着老袁慢慢地走来。

站长用粗陋的中国语对老袁问："哪里去？"

老袁一只寒腿更弯曲了，他极力笑着脸说："我的肚子坏啦！"

"车站上时刻第一！你不明白吗？"

一只手掌落在老袁的左颊上。老袁不敢用手去摸，仿佛怕拂掉了他的卑顺的笑容似的。他连着一鞠躬，退了一步，像一只狗似的溜进了水塔里面。哨嘴涨起来了，一根水柱向下喷泻着，车头虽然还是在预定的时间内离开了水塔，但是站长仍然在水塔门口站了半天。因之老袁也在里面恭恭敬敬地站了半天。

小袁望见他老爹，头伏在手腕里，倚着墙角坐着。这时，他有一些忧伤，但是他马上走开了。

十二

小袁望着在栏棚后面伸展着的原野，他的眼睛由这个丘岗跳过另一个丘岗，由这个树丛移到那个树丛。他似乎看见了遮在树丛后面的炊烟，和消隐在树丛里面的犬吠声。在他缥缈的心境里，描摹着他从前的家屋和院落。

他怀念着他母亲。当母亲在世的时候，母亲爱他，父亲也爱他。现在父亲老了，他被命运折磨得失了人性。他不辨是非，能活就活下去。他不是对人卑躬屈节，就是在儿子的身上以暴虐来娱乐自己。他已经不爱人类，他也不再被人所爱了。他的老年是悲凄的，在儿子的心灵里也罩上了一层阴影。

小袁的腿麻木了。他踏着一个石块，在这石块底下，就是他那炸药的引线。

他不由得向左方望去，队长在那个方向向他伸出手来。他听见了呼唤，新生的光辉炫耀着他的眼睛，他快要昏厥了。

十三

小袁为三班车的旅客，往洋车上搬运箱箧。这次他只得了三角钱，他想，这要积蓄多久才能买一把刀子呢？

"小袁!"

在呼唤他的名字的方向，一个商人由电灯柱子后面闪出身来。小袁略一凝神，他忍不住要狂叫起来，但是他马上镇静地走过去，低声问着来人："方大中! 原来是你呀!"

方大中的脸上毫无表情，大手掌在小袁的脸上一挥，小袁的嘴就像被什么封住了。他默默地站在那里。

方大中望着别处，嘴唇慢慢地动着，说："今天晚上，队长要我来告诉你，枪一响，就点引线，记住……"方大中的嘴唇张着不动，下巴显得更宽了。他的眼睛仍然像在搜索什么，停了几分钟，又继续说："那边走过来的那个人，他是一个医生，常常替我们到天津北平买药品。他和队长很好，你快去告诉他，今晚不要起身，告诉他今晚我们破坏铁路，去吧! 去告诉他。"

小袁转身跑了几步，再回头看时，方大中已经不见了。于是他凑近那个医生，医生戴着巴拿马草帽，手里提着一个破皮箱，他对小袁说："不要你，我自己会拿。"

小袁仍然握住了皮箱，低声告诉他："方才有人告诉我，叫我告诉你，今天走不得，他们今天晚上破坏铁路……"

医生举起一个手指，指着小袁的红鼻子，仿佛试验这话真实不真实，但小袁神色不动，并且补加上说："那个人刚才走，他看见你走过来的……"

一只大手放在小袁的头上摇了摇，医生快意地笑着说："好得很! 谢谢你!"在小袁的手里是他递过来的两张钞票——一元一张的钞票。小袁愣愣地站着，他不相信会有这样的酬劳，尤其是当他真正需要钞票的时候，当他需要用钞票买刀子的时候。

十四

夜里十点钟了。

在那个用枕木架成的低矮的小屋里，小袁和老袁都不注意对方的行动。在他们中间仿佛有一段难度的时间。老袁推开烟灯在板床上叠架着两腿，闭着眼睛假寐。

最后一列货车带走了一切喧闹的声音。电报机停止了。人们消隐在房子里。只有明亮的电灯，在支撑着跌落下来的夜幕。

小袁握着自来火，呆坐在一根长凳上，他像念佛似的静默着。他的眼睛落在装画片的铁盒子上；但它再没有什么吸引力了。他的心像火炭一样，他想到那只买到手的星光灿烂的匕首。它贴着他的身子，一股清凉的快感渗透了他的心。然而他觉得这个时候，必得向他老爹说一两句话才好。

老袁交换着两腿，他也似乎感到压在内心上的疑虑，逼着他要问些什么。他斜视一下小袁；但马上又闭上眼睛，恢复了假寐状态。

小袁几次站起来，走近老爹的脚前，不知为什么他又退回来。当他每次转身的时候，老袁的眼睛就悄悄地睁开一下，怨恨地瞅着他。

时间越过越慢。小袁烦躁地皱着眉，他的心随着忽起忽落的思想滚来滚去。他那心，像要立时冲破墙壁飞出去。

枪声——他用脑子想着那对他特别有意义的尖刺的枪声。那放枪的人会喊着他的名字吧！一定这样说："小红鼻子，快点着引线！"他点着了它，水塔倒下来，声音大得像塌了半边天。那不是骑着独角龙的队长吗？他跑上去，队长用两臂把他举在头上，那短髭像刷子似的在他脸上蹭着。

小袁睁开眼睛，又看见了他爹那缩在肉褶里的山羊胡子。他的心又黑暗起来了。

小袁的心，一时像悬在棚顶上的电灯，一时又像那盏豆大的烟灯。

夜越深越静，似乎几里外的脚步声也听得清楚。小袁沉下心倾听着，他也许已经听见了枪声。他的心收缩起来了。他所等待的时刻到了，快到了。

老袁突然咿唔了一声，小袁马上抬起头来，但他又侧转身不响了。

在小袁的耳膜上，折断一根火柴的声音在响。他仰起头，竖起耳朵，这声音拖着尾巴震动了墙壁，他心里说："枪……"

小袁站起来了，忽然紧张起来的神经，使他忘记了如何动作。他想要冲出去；但他又转过头来张望着。他遇见了老袁的三角眼睛。老袁为他的动作惊醒了。老袁坐起来，看有什么事情要发生。

小袁跳出去，在黑暗中消逝了。继起的紧密的枪声应接了他。跟在他后面的是赤着脚板颠踬着的老袁。他是无目的的，像是什么东西吸引了他，使他不得不这样。

车站上的灯光熄灭了，夜幕更紧地裹住了大地。星星突然显得又亮又大起来。在黑暗里，看不见人影子，只有脚步声拍打着地面，仓忙地逃避。

小袁越过了两个月台，他在黑黝黝的水塔前面停下来，伸出两手摸着那个石块。他的心涌到嗓子眼里，手指痉挛着，勉强地拨着自来火的弹簧。火花在他眼前散开，他点着了那引线。

一只手掌抓住了小袁的衣领，猛然的动作使他不得不向后依着一个抵过来的膝盖，这时他听见了急促的喘息和詈骂："野种，我看你再跑……跟我回去，你这野种……"

黑暗在他眼前扩张着，枪声充满了他的耳鼓。他点着了引线，他完成了这个伟大的任务。这时，他马上就可以跑向杨家坟的树林里，去会见队长的；但老袁的手臂像一道墙壁似的拦住了他。他的手无意识地摸着了那把匕首，他需要挣断这条铁链……

老袁的左腿上挨了一刀子，在心里诅咒自己的儿子。他一生都不能饶恕他，他的愤怒要他立刻杀死这个忤逆。他的眼睛被一层火网蒙住，他朝着将要立起的小袁扑去。小袁向后倒下，自己的头也碰在水塔的墙壁上。

小袁顺着墙角躺下。老袁站起来，为他自己所做的事惊呆了，他的伤口向外流着鲜血，他的腿酸软，他的头昏眩起来，他也倒在小袁的脚前了。

火星沿着引线爬着，它仿佛为了那逼近的快乐叫起来，刺……刺……刺……在那挖空的小土洞里溅着火花。火花舔着了火药，像一个人用力吹一个气球，它破裂了，訇的一声，大地的神经痉挛起来。

小袁在昏迷中，看见队长向他走来，庆贺他完成了任务，把他举起来，用胡子在他的脸上蹭着……

水塔的灰石像塌了半边天似的倒下来，掩住了两个昏厥的身体。

1940年

五大洲的帽子①

一

今天我们文工团里来了一个新人，不像演员，也不像我们所需要的戏剧指导者。我们常叫这种人为"土包子"。

他三十上下年纪，军服有些破旧，坐下时，后襟垫在屁股底下。他穿了一双草鞋，完全新的，用红绿线绳做成鼻眉子，两朵颜色灿烂的大绒球盖在大脚指头上。他是霍玉民领来的，霍玉民像引荐人似的，领着他参观各个房间。新来的人，两手背在后面，严肃而正经，当他见到我们主任（一个女同志）的时候，也不动声色；可是在他的眼瞳里有一点困惑的神情。

他叫武刚，担任了管理科长的职务。我们正需要这种人才。政治工作高于一切的时候②，动员事务工作人员安心自己的工作，便是政治工作的一部分，但不知为什么还只叫他做"代"管理科长。

武刚从此是我们中间的一员了。他的来临对于我们有密切的关系，我们生活中的每一件事，都要与他的工作相接触，他的一举一动会直接影响我们。

他对于他的工作，是按部就班去做的。他在工作中有一定的公

---

① 红星徽章军帽又称"五大洲的帽子"。

② 抗战开始，事务工作人员有轻视本身工作，要做政治工作的现象。

式：首先召集所有事务人员讲话。他倒背着手，紧闭着嘴，神情严峻，还有一点傲然。那些新来的伙夫同志，这时离开职位站在他的面前了。张管理员一声不响，好奇地等待着；调皮的小鬼①像在管束之前，站得规规矩矩的。

他的讲话冗长，也有点沉闷，声音固执地回旋着，像要无故惩罚谁似的，使人感到压迫。可是他把民主集中制带到厨房里来了，他用一切想到的字眼夸耀和尊敬这种作风。他把厨房比作军队，军队的行动和战斗的胜利，要用自觉的纪律来保证；事前的布置，事后的检查，一定要在会议中来进行。他在讲话中间，把所有的工作精细地分了工，建立了汇报制度，无形中他把自己放在策动工作的主动地位。他相信他的精神已经贯注到工作和工作人员上面的时候，他就结束了他的谈话。

他始终倒背着手，讲话的时候不时地咳嗽着。大家早已习惯了这种流行的敬爱的作风。但是在他讲来，因为，没有简捷有力的手势，没有亲切而和谐的语气陪衬的时候，显得枯燥和做作。他威吓地望着一切，他的瘦棱多角的面孔，只是为了显示他的存在。

事务工作人员，都是新动员来的老百姓，他们听他的讲话很有道理；但总觉得从今以后有一种沉重的力量压在身上了。那班小鬼，平常总是在嬉笑之中做事情，凭空添了一个严肃的、督促工作的人，也不大舒服。

至于张管理员，他在工作中已获得了相当的信任。他是一个山东人，工作起来有朝气；受到夸奖的时候，总是天真愉快地笑着；虚心热情，大张嘴地呼吸着，谁都感到他是一个生命力旺盛的人。他原来是一个旧军队的马弁，不识一个大字，二战区②的同志带了他来，因为他工作积极就升为管理员了。他使我们的生活顺利而有信心。如果早晨有人对他说："张管理员，凡士林要白的，不要黄的，今天换一

---

① 小鬼，对八路军小同志的昵称。
② 山西一带称为"二战区"。

下吧；还有今天替我发一封航空信，这信，一定啊……"那么晚上，凡士林换了来，航空信也发掉了。

但是这位新上任的管理科长，这时会一丝不苟地说："今天不上街，凡士林明天换，发信找通信员！"

…………

张管理员疑惑自己过去在工作中有了缺点，不然，为什么武刚由第二天起就亲自带头工作呢？武刚要整顿厨房，就先把厨房规整出一个模样来。武刚要他们完成自己的工作，就先把每人应做的工作规定出来。凡是额外的事情，或是违背了他工作原则的，一概拒绝。

武刚整日检查工作，很少讲话，对待同志们显得不好接近。大家认为他不大关心生活问题，至少他觉得生活是差不太多了，其实他全心全意地注意工作正是为了生活。

因为他，我们的生活受到影响了。也许是因为我们这个戏剧团体，大家都爱生活，尤其爱自由，都不惯于在脖颈上套一个不大不小的绳扣。虽不疼痛，有了约束就不自在。有的说："他这一套，在我们这里吃不开，事务工作是为了生活便利。这个死脑壳，想法斗他一下子！"

"这……这……你们不明白，呃……这是农民的根性……"一个在戏台上装老头的小伙子，用喜爱的腔调打诨。

要斗一下，可是始终也没有斗。大家好像要看个究竟似的，要在他的工作中找一个必要的漏洞。武刚完全不晓得，他完全自信地工作着。

武刚不吸烟，生活整洁。他的口音复杂，略略有些口吃。他很少同我们笑谈，他对待女同志更少打招呼。他常常在庭院里站着。他的两条细腿仿佛能站立一年似的。他走路急而快，老像有什么要紧的事。

有时，武刚对我们的吵声和大胆的嬉笑，表示着惊异。他闲散的时候，也来看一下我们排戏，露着不大了解的神情；但是很快他又镇静下去了。他对于主任，恭谨而拘束，他有时回避同她接触的机会。

关于他引起神秘的好奇了。很多人想法子探听他的履历和身世。但是知道他的人很少，介绍人霍玉民也只知道下面这一件故事：

当统一战线刚形成的时候，他是留守兵团的一个战士。连队指导员传达了中央的指示，红军改编为八路军，取消苏区，建立边区人民政府。那时在红军中，有一些人对于党的路线怀疑了，一个伙夫同志首先发言："我做了八年伙夫，我这也是革命工作，我戴惯了五大洲的帽子，要摘掉它也行，只要大家有一天不吃饭！"

老马夫同志也表示反对："老子走了二万五千里，过雪山的时候，我一匹马救了十二三个干部。这些干部都是革命的，要革命就流血，不能妥协！"

武刚也跟着站起来，用固执可爱的姿势，大声地响应着："革命脑袋要戴五大洲的帽子，要摘下五大洲的帽子就先割下这颗脑袋！"

别的部队也引起了同样的争论，无形中这一面"非"真理的旗帜领导着这些人，向"真"真理进攻。武刚最后说："毛主席不会这样说的，我们的毛主席不能这样对我们说。"

但是毛主席的声音代表了千百万群众，用党的决议对他们广播着："统一战线是共产党在民族革命战争中最正确的路线。"

这声音向各处传布着，千百遍地重复着。武刚放下了反对的手掌，所有反对的人也沉默了。武刚无言地摘去五大洲的帽子，换上了一顶普通军帽。新帽子使他头颈不舒服，他整整有一个月是怅然无神的，仿佛生了一场大病。

最后霍玉民对我们说："他待在八路军办事处，还没分配工作，我问他愿不愿意来，那么他就来了。"

为了这个，我们非常精细地观察他。他的面孔严肃、正经，一丝也看不出值得惊奇的表情。只是他的左眉梢上有一条刀伤，这使他的眼白大起来，像是一个可怕的漏洞。

现在那顶新帽子，已经非常习惯地蹲在他的头上了。从他来到团里以后，调皮的小鬼最不喜欢他那一套军队里的作风，开始骂他为机械主义。

二

谈论机械主义的空气浓厚起来了，大家斤斤两两地指摘着，哪一件事是机械主义的倾向，哪一件事根本要不得。女同志最怕这种铁面孔，武刚给她们带来了麻烦。女同志有另外一种私生活，她们每天要多用些水，但按照厨房的新规定，每人有平均的用水量，每天有一定的打水时间。他的理由是：没有大锅，而且要节省必要的柴火。若再问下去，那么便是：没有更多的经费，就没有更多的水。有时女同志只好端着空盆走回来，如果再私自向伙夫同志通融，仍然碰了钉子的时候，就会不平地嚷道："从前也是这么多的经费，换了人就没有水用，哼！"

有的人非用水不可，便在厨房大吵起来，但是仍然没有效果。伙夫同志板着面孔，不敢破例。武刚在旁装着不理。她们跑回来诅咒着："叫他一辈子也没有老婆！"

事实是他若真的有了老婆，也就会多体谅一些女同志的苦衷了。他没有老婆过到现在，照他对待女同志冷淡的态度来看，也许要没有老婆过到老。他的生活严谨自若，毫不想到女人的样子；但他却隐藏着强烈的人生的热爱，他爱花草，他爱地上的蚂蚁，他在内心里爱着那些小鬼，爱着革命阵营中的每个同志。

有一次他同主任冲突了，这也许因为主任是个女同志的缘故。那时我们的团停留在友区里，我们戏剧工作的对外的形式便是统一战线工作。主任常去会见当地长官，常常同一般文化工作者来往，也常常有新闻记者到团里来拜访。主任在统一战线工作的态度上是非常诚恳的，从不肯拒绝一位来客，深夜里还同这些客人谈话。每逢有客人，主任便吩咐管理科准备菜饭，但是今天这是第二次了，上午已经来过一批客人，现在是八路军总部来的自己人。主任催一次又一次，菜饭仍然没有拿来，偏巧总部的人因事急于回去便走了。主任是个口急舌快的人，把武刚找来批评道："你还没有准备好吗？客人走啦！留下来我们自己吃吧！"

武刚没有分辩，转身走去；但他又马上站住了，不动声色地说着："团员也要吃晚饭的！没有锅，没有人，这事不大好干。一天两次客人，伙夫同志也有意见。"

"有意见会议上提，叫开客饭，不开客饭，这不是提意见的办法。"主任握着一支钢笔，由座位上站起来了。武刚镇静地待了一会儿，若无其事地走出去。但是主任又把他喊回来问："你还有什么意见？"

"不是在会议上才能提吗？"武刚并非真正有意讽刺。

"现在你讲吧！"主任为他直爽的性格感动了，喜爱地注视着武刚。但武刚望也不望地说："从前，红军没有这一套，首长和战士吃的一样。犯了错误还一样处分，吃饭为什么分上下？来了客人也一样，客人在自己的部队里也都吃着同样的伙食；但是现在……"

"现在是什么时期？"主任这时微笑地反问。

武刚轻轻地咳嗽着："抗战时期！"

"对内呢？"

武刚吃惊地答："对内是统一战线时期！"

"那么有了客人，真正外边的客人怎么办呢？不要招待吗？"

"他们倒可以做点菜招待招待的。"

"谁不值得招待呢？"

"像今天总部来的自己人，吃着同样的伙食。从前没有这个规矩。"

武刚在自己的话后面，磨身走开了，他怕听新干部讲道理。他想他们道理都讲得蛮漂亮；但是未必可靠。他满口不承认自己会轻视新干部；但是当他把理论与实际经验相比较的时候，他自然就看重了自己的实际经验。今天他并没有被说服，主任是行政的首长，他又不得不听从她的意见，于是他感到了前所未有的气闷。

这些日子，武刚喜欢在热炕上给小鬼讲些长征的故事。小鬼们近来对他友好多了，因为从他那里可以得到新奇的满足。他在谈话中把他们带到了传奇般的现实斗争当中，漫无人烟的草地，兄弟民族的生活以及渡桥的英雄。他们爱慕这种生活，也敬仰武刚这个人了。

"接着昨天的讲吧！"

小鬼躲在漆黑的屋角里，又这样催他。今天武刚沉默着，他像没有听见的样子。问话的小鬼触着他的衣袖，天真地挑逗着他："你不是说可以三天三夜不睡觉吗？今天为什么？"

"嗨！等一下。"

炉灶里的余烬，在墙壁上映出了一片幽暗的红光。一个老伙夫已经鼾声大作了，武刚没开口，小鬼们只得耐心地等待着。

有谁往炕里摸索，武刚在心里叹了一口气，慢慢地说道："有一天，我离开了我们队伍，这不管它，我……自己走到一个地方，这个地方的名字叫……叫什么来呢？反正我遇见了西路军的同志，他们是被敌人俘虏了的。我一看就猜出来了，他们有十五六个人，两个穿中央军制服的兵押送他们。我离他们有几十步远，我走在他们的后面。红军看见红军分外亲热，我舍不得走开，远远地看着他们。他们走得很慢，互相交头接耳的，不知说些什么。有几个一跛一跛地掉队了，他们落在后面。我紧走了几步，就同他们搭起话来。我问他们哪一军的，又问怎么被俘虏的，到什么地方去。他们告诉我他们在甘肃打游击，失了联络，被敌人包围了。现在要押送他们回原籍。他们都是湖南人，你们想由那里到湖南有多么远，回到湖南会那么便宜吗？说是可以保证，那谁又晓得怎样呢？我们谈着谈着，前面喊我们赶上去，有个中央军望着我骂：'你要跑吗？'那么……那么……我要跑也不行啦，他把我当作他们一起的。我想了想，跟上去就跟上去吧。我跟上去，他们都对我很亲热，押送兵也不在意，于是我又同押送兵谈起来。他们告诉我是两毛钱一天雇来的。就为了两毛钱，你们想。我鼓动他们（武刚说着由炕上翻起身来），我说：'老兄！两毛钱连饭也不够吃呀；要吃饱肚子什么差事都比这个强。赶一群猪还可赚点钱，押一群人对你有什么好处呢？'这两个人好像从来没有听见这种痛快话，点点头；但不回答我。我要他的公文看，他们就把公文给我看了，上面说押回原籍，依法惩办。我替这些同志捏了一把汗，我悄悄对他们说：'我们赶快设法逃走吧！要勇敢一点！'我告诉他们红军都在平凉以北，我把我听到的红军的消息都告诉了他们，我说：'我可要走啦；你们也一道跟着走吧！'晚上我们就溜了。"

熄灯号吹过一阵子了，在这屋子里，夜的沉静和黑暗造成了神秘的氛围。待了半天才有一个小鬼问："现在那些人呢？"

武刚再就不言语了。仿佛他又离开他们，想自己的心事了。

<h1 style="text-align:center">三</h1>

我们天天准备出发。我们在这里已完成了补充团员、排新戏的任务。我们打算在二百里外的城市里做一次最后公演，就转到前方去。我们的目标是敌人后方的农村里。

行军的准备是一切工作的中心。

突然早饭的桌子上摆上了一个个铁盆，里面是切成四方块的红白萝卜，红辣椒像彩纸似的粘在铁盆上。大家最喜欢吃咸菜，而且这又是酸酸的，仿佛是泡菜，大家惊奇了。

"四川泡菜！今天要过年吗？"

伙夫同志在旁边抿着嘴说："做了一缸呢！"

大家品着泡菜的滋味，夸奖起武刚来了。有人认真地问："做的真多吗？行军起来不能带缸的呀！"

"没有做多，吃了再做，那缸是向老百姓借来的。"

这时，那几个平日喜欢同武刚接近的人，特别提出武刚的功绩来，说他亲自量米，做的饭刚刚吃完，不至于不够吃或是浪费；又说武刚亲自修理锅盖，整理一切家具，简单而有秩序，这是长征中练就的习惯，仿佛时时准备行军。他们的结论，认为武刚是真正难得的事务工作人才。

但是那些同武刚冲突过的，还有那些女同志一声不响，对武刚怀着成见。武刚对这些意见一概不大关心，他倒是在全体大会上对主任提出了严格的批评。他指出主任生活腐化，因为主任修饰了自己的房间，而且她在会客室内添了一些花盆、茶碗之类的设备。武刚根据这些，要求主任要刻苦耐劳，要有在任何方面起模范作用的精神。他是采取了他喜爱的公开批评的方式。事后霍玉民找武刚谈话，首先批评了他的批评方式。霍玉民说对一个行政首长，最好是事前提意见，或是个别批评，这样也使她改正了错误，也顾到了她的影响。随后霍玉民又向他解释，现在统一战线时期，那些设备都是统一战线工作上所必要的。但是武刚不接受这个意见，他认为他的批评方式对任何人都是适宜的。

由武刚的本质和他的工作表现来看，不能说他是故意破坏主任的威信；但是他那对于事物固执的态度，也不能不引起注意。

那一天，张管理员突然跑来要调换工作，对武刚好像满肚子意见，又不肯多讲。霍玉民开导他说："依我看，你们的工作，不是坏了，而是好了。这些成绩，有你的份儿，也有武刚的份儿。说起武刚这个人嘛，自然是有缺点的，像他这样一个老干部，经受过多次考验，只要把事情摆出来，他不是不能改正的……"

霍玉民说话的当儿，张管理员翻开自己的手掌尽瞧着，这时突然说："可是他……"

"他怎么？"霍玉民追问。

"我不好说，我也说不准……"

"不要紧，你说吧！最好什么也不要顾虑。"

"是呀！他这人不抽烟，爱喝口闷酒，也没有喝几次，那只是在发津贴的时候……"

"还有什么呢?"

"他不大讲话,他喜欢老实人,工作上也有办法,你看他只有一床被子;可是另一方面他又……"

"讲下去吧!"

"他有一个小包包,我看见过,里面并不是什么衣服,包包里还有一个小包包,用白线缝得凸凸的。"

"你没有问过他吗?"

"没有。他晚上讲梦话可厉害啦!"

"讲些什么?"

"听不清楚。"

霍玉民沉默了一会儿,又问:"他有什么不满意吗?"

"他常常帮助小鬼学习。他对事务人员的教育很不满意。他说红军时代,一面打仗,还一面学习呢! 可是他那个包包,我觉得有问题。"

"你是说那里面有钱,或是说他贪污吗?"霍玉民问。

张管理员听了这句话,有些吃惊,但他并不反驳,低下头不言语了。霍玉民又沉思了一会儿,拍着张管理员的肩头说:"我会调查清楚的;不过,明确事实以前,我们不能随便怀疑一个人,尤其是武刚。像他这样的老干部,在我们团里不是太多,而是太少了。"

邻村再三要求我们前去组织群众晚会,所以把这件事耽搁下了。我们为了扩大工作影响,拒绝了他们的招待,自己准备饭食。武刚准备得妥妥帖帖。他在这次小行军里,减去了以往我们所遇到的麻烦。他早早地准备了驮子,他亲自把一切道具和锅盆装束停当,他又招呼着在不前不后的时间内开饭。当他看见了由四乡拥来了整千的农民的时候,他的面容,闪着前所未有的和蔼和喜悦,好像这时,他才体会到了文工团的工作意义似的。在演过戏之后,他第一次煮了喷香的豆子稀粥给我们吃。

后两天,有四个小鬼消极怠工起来。他们借口埋怨小鬼教育不好，他们说："我们不是一辈小鬼，××政委从前是小鬼，我们将来不能当政委吗？"

"救亡室刚刚成立起来，你们等等再看！"有人这样向他们解释着。

"有了小鬼就应该早些成立救亡室，武刚还说……你们都是文化程度高的，可是对待我们……"

"武刚？武刚对你们还说了什么？"

武刚走了进来，小鬼什么也不说了，于是把这件事立刻告诉了霍玉民，要霍玉民具体处理这件事。

霍玉民遇到武刚时，问道："小鬼怠工你知道吗？"

"我知道。"

"你向他们解释过吗？"

武刚直截了当地回答："我没有这样做。我对于这里的小鬼教育老实说有意见。"

"为什么不提呢？"

"主任说过，有意见在会议上提。同时这是你们早该注意到的，这是红军的传统，谁都不能忘记。你问我解释没有，解释有什么用？真正有了小鬼教育，便是最好的解释。"

一方面是武刚怀有成见的态度，另一方面霍玉民也不得不承认小鬼教育搞得很糟。霍玉民承认了这个事实，也批评了武刚的态度。他们向一片旷场走去，武刚低着头，不再说什么了。霍玉民看见武刚那副固执可爱的面孔，心中想起那个小包来。他认为武刚绝不会有什么秘密；但是既然有人提出来，不帮助武刚弄清这件事也是不应该的，所以霍玉民问道："武刚同志，你是一个老同志，我不妨直接提出来，你从来了以后，好像有点什么心事？"

"什么？"武刚不解地问。

"不，一件小事；可是有人既然这么提了，我只好告诉你。据说你有一个小包……"

"什么？小包……"武刚紧张起来，支支吾吾地说，"没有……不过……我可以坦白地说，那没有什么!"

"我也是这样想的，你不会向党隐瞒什么，你也不会有私人利益，可是为了党更加了解你，为了爱护你……"

"正像你说的，我没有什么私人利益。那里面完全是不必要的东西，不像你所想的，我保证我个人……"

"我相信你的话，不过，你不要把事情搞得过于神秘了。"

在武刚的面孔上落上了犹疑的影子。他摇着他的头，最后他说："那么把小包交给你，为了整个利益，不能打开，由你保存，你以整个利益来保证不许打开，将来你会晓得的，那时你会笑话我。但是……你同意吗?"

霍玉民同意地点了点头。他想起武刚的斗争历史，他想武刚不至于开什么玩笑吧! 但这是一件不常遇的事情。

四

出发通知传遍了这个团体，出发的消息也传遍了整个城市。

主任在对外的应酬中，还要参加宴会，接受慰劳品，向各个群众团体举行最后的话别。

团员们忙着整顿行装。雇来的鞋匠，整天停在大门口。

由市场买来的新电筒，闪着白光。

救亡室这时提出了完成行军任务的号召。他们准备路标、标语以及沿途的文化娱乐工作。

各组小组长在管理科一进一出，询问一些必要的事情。

武刚在桌子前面，在院落中心指挥着。一会儿为了交涉驮口向县政府提出了最低要求，一会儿又为了病号在计划加重驮骡的重量，好多腾几匹牲口出来。他利用了一切行军的经验，组织了运输队，使运输工作做得完备而节省时间。必要的用具都打成了包裹，平均地分配在各个驮口的身上。

打前站的也组织起来了，武刚也是其中的一个。

同时，一个行政会议在进行着。

会上提出了武刚的问题。有的人说，武刚缺点很多，说他解决问题观点不正确，常常忽视整个利益，固执个人的意见，对主任的批评和小鬼的怠工就是显然的例证。最后结论是：要到敌人后方去，人员一定要精干、可靠，武刚还是留下来好。

也有人坚持着：我们缺乏这种人才，我们在长途行军里更需要武刚这种人，假若他有思想问题的话，更不应该放弃教育他的机会。

会议继续下去，两方都提出武刚的细节，并且在这些细节中固执地争论起来。

霍玉民最后才发表意见，他认为武刚应该留在团里。

主任同意霍玉民的发言。她说："我认为这个人，是一个工作上的好同志。他富于正义感，只不过，他过于偏重了主观的批判。我是这样看法，可能在我们之间有些什么误会，我们说我们不了解他；但是又有谁为了了解他去接近过他呢？霍玉民的意见是很对的，留他在这里，我不反对。"

五

在出发后第二天的终点上，是一个五十三户人家的小村子，左面一座山峰，用它的阴影压着这个村庄，使它有些凋零败落的样子。

我们应该宿营在前面的镇子上的；然而我们不得不在这个小村子上停留下来，其原因乃是前面镇子里住着国民党的逃兵。也许是一个连，又有人说是一个营。

在这个小村里，也住了几个到前方去的干部。他们昨天才到，得了情报后也不得不停留在这里。他们很愿意和我们同路，他们都拿着总部的介绍信，而且他们个个都是强壮的小伙子，参加过东北义勇军的斗争。其中有两个是东北讲武堂的学生，这两个之中的一个还是×××将军的近亲，他率领着他们。他的名字叫韦民耀，络腮胡子，年纪并不大，圆滚的身体，像一头东北森林中的狗熊。

韦民耀知道我们主任现在的职务和过去的社会地位，所以他表现很诚恳；然而有一点不自然，好像他为了显示不出自己的军人威武而苦恼。他们住在对过，一共有十几个人，约有二十驮子的枪支和子弹，据说是到前方发展游击队的。另一个讲武堂的学生，是那个蓄一撮短髭的老姚，他穿着称身的军衣，慌慌张张地一进一出。

韦民耀走来把他得到的情报述说了一下，到现在为止他还弄不清前面是一连人，还是一营人，而且到底是谁的部队也未曾调查明白。现在无形中一切情报都归主任统制了，我们派出了侦察员，老百姓得来的消息也都集中在这里。主任虽然没有地图和电话机，然而她在精细地分析着各种情报，并且不时地和韦民耀交换情况。

韦民耀一会儿来二会儿去，现在他倒摆出不大在意的样子了。老姚挺着端正的身子，眉毛一挑一挑的，他仿佛在计划应付的办法。

一个忠实的青年农民，前一天去走亲戚，现在逃了回来。据他的报告，断定了这是国民党孙××的部队，一看见敌人就败退下来。现在沿路抢掠，准备分赃后即各回家乡。到底有多少人，还是弄不清楚。头目好像是姓张，河南人。他们早已知道这几天有八路军路过此地，他们已把镇子里面的南半边街腾了出来，准备我们去住。这是什么意思呢？据说他们把我们当作了八路军的总部。

韦民耀和老姚听了这个消息就走回去了。他们的脸上现出了肯定的表情，而且用鼻子嗤笑什么，像是瞧不起我们这个主任。

傍晚，主任又接见了几批逃难的老百姓。他们哭诉被抢劫的经过。主任赔着苦脸，她把这些消息当作一个严重的政治问题思索着。

到了夜里，我们才安了心，也没有听见什么意外的枪声。这时，主任和霍玉民两个人秘密计议着：如何去说服这群逃兵，如何制止他们抢掠的行为，减少对抗战的影响。霍玉民为了主任个人和整个团体的利益，反对这种意见。他不否认主任的辩才；但是所遇到的对方也许是个毫无常识的人，况且现在他们以为我们是总部，暴露了自己的真面目之后，结果如何是不能预料的。主任固执着自己的意见，她说："我是一个文化战士，所以只能用嘴去说服他们。按照他们见了敌人就跑、抢掠老百姓的不要脸的行为，应该缴械或者是消灭他们。"

最后她说可以考虑到明天早晨，假若没有什么变化，她就要实践她的提议。

夜半，主任的灯光还未熄灭，她在室内徘徊。睡在外间的女同志早已睡熟了，主任偶尔怀着异样心情，倾听她们均匀的鼾声。她的嘴角陷下，如同她已站在那个毫无常识的军官面前，想尽了一切开导的言辞。

这时有人急急地敲着院门，沉静的夜被惊醒了。主任扶住了桌沿，震惊地谛听着。接着传来了韦民耀的声音，主任走去开了门，这时霍玉民也跟着主任爬起来了。

韦民耀的络腮胡子一根一根地飞起来，他气喘喘地摆着手掌说："糟啦！老姚没有回来。"

"到哪儿去啦？"主任猜着了一半地问。

"前边镇子里。"

"做什么去的？"

"我也不晓得，他说他有把握，他要去，我有什么办法？"

"到底做什么去啦？"

"还不是说大话，他说去缴他们的械！"

"去了几个人？情况怎样？有没有危险？"主任变得急切起来，仿佛她看见那些没良心的家伙，在残害抗日军人似的。

"主任方才的估计很对，他们把我们当作了总部，于是让出半边镇子来，看去倒很客气，究竟打了什么主意，那谁晓得？"韦民耀十分忧虑地说，"但是最初我们没有这样看，只认为他们是一群散兵，可以一举而得，为老百姓除害呢！"

"那么去了几个？"

"他们去了八个，一个在村外听风报信。刚才这个人跑回来，说他们没有缴人家的械，反而叫人家捆绑了。"

"也许我可以真的利用总部的名义去一下，"主任深思地说，"你知道既无武器，又不是总部，只好这样做了！"

韦民耀离开这个房间之后，主任和霍玉民商量了一番，她变得十分有把握地说："请你放心吧，我还有一点小名气，加上总部的名义。我自己也许危险，但是救更多的人要紧。"

霍玉民走出来，叫武刚煮一点挂面给主任做早饭。武刚揉开了睡眼，吃惊地问："什么事？为什么要去？她一个人吗？不能的，这有生命危险，我们应该再等一天，或是另外找一条路线穿过去。"

"主任去是要去的，她个人也许有危险；但这与我们整个团体有关，而且也是为了那些人……你不必担忧。"

"我真不明白。"武刚穿衣起来，连连地发出许多疑问。

霍玉民轻轻地同他说："统一战线不只是在顺利环境下面进行的，危险的时候也要……她是为了工作，你准备吧。"

武刚惘然地坐了半天；他喊起了伙夫同志。这伙夫是一个贪睡的家伙，心里在咒骂着。武刚被一团火烧着，焦躁得想不出主意来，他自言自语："女人总要吃亏的。"

伙夫同志嘟哝了几句就去做饭去了。这时小鬼们也都起来了，主任的举动更使他们吃惊。他们伸着舌头，好像有枪也不敢去。锅沸起来了，煮好的挂面端进了主任室。他们都沉默下来，因为今天武刚的脸色可不同于平常。武刚喝了一口闷酒，陡然地走出去了。大家紧张起来，事情显然是严重的。

绛紫色的朝霞，染遍了树梢上的青天。在我们心灵里永不能忘记的一天开始了。

六

在向北的径往镇子的去路上，主任伴着孤独的影子向前行进。她的脚有一点吃力，她不熟悉这条道路，她可是尽可能地加快了步子，眼看她就要走到她的目的地镇子上了。在她的前面，有时可以望到比她先出发十五分钟的通信员。他拿着她的一封亲笔信，她在这封信上说明了来意，也介绍了自己。在她的后面走着一个老乡，他像不知道前面镇子发生了事似的，急忙地向前走着。这个老乡是一个中年人，头上包着毛巾，一件长衫上扎着又宽又长的腰带子。主任可没注意到他，因为她从来没有回头望过。

在镇子上第一间房屋的旁边，她停住了。她要等着通信员的回报。

这时镇子早已醒了。几个农夫和耕牛，安安静静地从她身旁走过去。镇子上升起炊烟，稀落的鸡鸣有一声无一声地唱着，一点也看不出有什么骚乱的痕迹。主任吃惊了，她向镇子里瞭望着，看不见灰衣的影子，也听不见军队的骚动。

通信员拿着原信跑回来了。他是一个勇敢的小伙子，他毫不犹疑地担负了危险的任务，但这时在想象不到的情况下竟心慌意乱了。他报告说逃兵已经连夜撤退了。

"我们那几个人呢？"

"听说绑在关帝庙里！"

跟在后面的老乡赶上来了，他凑在他们的面前好奇地听着。这时他把包头往下一撸说："让我去看看！"

主任多么不相信站在她面前的就是武刚啊！但她马上想到了武刚是为什么来的，又为什么乔扮成一个老乡。本来她自己也知道武刚对她的印象不很好；可是这个时候，他竟能不顾危险跟在后面保护她。她为武刚的优秀的革命军人的品质感动了。通信员张大了眼睛问着武刚："原来是你，你怎么来的?"

"让他去吧!"主任镇静地说，如同她在导演一幕熟知的戏似的，又告诉武刚说，"你带着枪吗？那么快点！你带着那一伙人回来。"

于是主任和通信员顺着原路先回来了。

一个钟头以后，武刚也回来了。老姚他们回到了自己的住处。据武刚说，他们都被剥了上衣捆在神像上，老姚的胡子被拔掉了。老姚一口咬定了在后面村子里住的是八路军的总部，这才保全了性命，而且他们怕得连夜撤退了。

武刚虽然又换上了军装，但他的事传遍了每个同志的耳朵里。有人给他画了一张素描像：他提着左轮，左掌在肩上抬起，他那仰起的正在讲话的面孔，充满了忠诚自信的表情。他的画像被没有见过他化装的同志抢来抢去，最后被贴在女同志宿舍的墙壁上。

武刚在她们的心中变成了崇高的偶像。她们向通信员打听一切路上的情形，她们去看过主任，也去看过武刚。她们为了这种高贵的品质，更敬爱武刚了。

武刚躺在床铺上休息着，他感到疲乏。他合上了眼睛，但是睡不着。这时霍玉民走来轻轻地摇醒他。霍玉民握住了他的手，用亲切的眼睛注视着他。霍玉民在床沿上坐下来，对他说："武刚同志，我代表全体团员，向你的英勇忠诚表示敬意。"

武刚低垂着眼睛，霍玉民继续说着："这是你十几年的斗争历史的光荣，我知道你为了革命的利益非常敬重主任。现在我要请你原谅，在你出发之后，为了……我怎么说呢？当时我不了解你的行动，所以我叫张管理员打开了那个小包。你的那个……"

"我的小包？这不能够。"

"但是已经……"

武刚又低垂了他的眼睛。他慢慢地说："本来这是没有意思的。"

"不，为了这个，我们会更信任你，现在这个……"

霍玉民由衣袋里掏出了一顶五大洲的帽子，放在武刚的面前。这帽子已破旧不堪，帽顶上的五角红星也褪了颜色。他戴着它干过轰轰烈烈的土地革命，他戴着它同反革命搏斗过，他戴着它经过艰苦的二万五千里的长征。前一年，他因为不了解党的政策，痛心地摘下了它，把它包在布包里；但是现在，他仍然不肯抛弃它，它，它在他的心里起伏着一种剧烈的斗争，他因此微微感到羞赧了。

武刚用劲抓过帽子攥在手掌里。他躲开了霍玉民的视线，死死地沉默着。

"你是党的好儿子，在你的身上流着革命的血液，你对党的忠诚无处不在，这是我从那顶五大洲的帽子上看出来的。你今天的行动感动了我和我们全体，现在和将来我们都要坚定革命的立场，向你学习……"霍玉民由心里说出了这些话；可是它们多么像台词呀！

武刚把帽子握在手掌里揉着，他把它放在胸前，最后把它放在口袋里，愉快地说："我以为我还要戴它呢！……"

"对的，我们要在革命的忠诚中纪念着它，将来……还要……"

霍玉民站起来，把手掌压在武刚肩膀上，温和而感动地说："休息一会儿吧！明天就出发了。主任已经下令委任你为正式管理科长，大胆地工作起来，党完全信任你！"

霍玉民走后，武刚把脸孔侧在里面。他想起了自己的艰苦的斗争。他模模糊糊地看见了整千整万的战士的血迹，他的眼睛为泪水遮住了。他自己又觉得眼泪是可耻的，于是用被子蒙住了头，怕被别人看见。

小鬼端来了一碗面，后面跟着几个女同志。她们怕惊扰了他；但她们是代表了所有的团员来慰问他的。小鬼把面放在台子上，嘘的一声烫了手指头。一个女同志捏着小鬼的耳朵，小声地说："不要喊醒他，让他睡吧，他已经睡着了呢！"

1940年

平常的故事

一盏油灯点在灶台上，我把结蕊的灯芯挑开，它照见了一面红漆的橱柜，一面朦胧的衣镜，一个不大引人注目的镶在墙壁里的佛龛，还有我们三个人……我们走了一天漫长的山路，在休息之前，好像还需要比休息更为重要的一种刺激。我们慢慢地摊开行李，把一双直硬的腿子放在舒适的位置上，大家沉默起来，于是我说出了下面这个故事。

"我们将要走到的这个城是美丽的，安静的，用丰韵的自然景物修饰起来的。河水由沙漠地滚来，整天地奔响，有的时候，在低云覆盖的天空底下，飘浮着悠远的乐声，但是这个城从来没有惊醒过似的，静谧地睡在这个山谷里。到了冬天，它让一片白毡覆盖起来，夏天里，天空烧着晚霞，升浮着雨云，但是它被远远的山脉防护着，仍然十分安静地生活着。

"前两年我在这里工作过，可是我在这里只住了三个月，经历的事情自然不多，我那时只是为了工作而工作，整天埋头在工作里。凡是工作上需要的都是好的，除了工作上的关系同谁都没有往还。我从前是个沉默的人，仿佛把一切蕴藏着的热情都贯注到工作上了。总之我得到了工作，失掉了一切，现在我可以把那一次发生的事告诉你们了。

"有一次，县里派我到乡下去。我去的村子有二十里路程，我在离那村子还有十里路的联保处，遇见了正在等待我的支部书记，黑天的时候，他领我走进了那个村子。

"因为当时我们还是在地下活动着，我不愿意村里人知道，县里来了一个干部，尤其不愿意因为这个干部而暴露了我们那些农民党员，所以我是作为一个'秘密人'下乡的。那个支部书记叫井自贵，他在路上同我说：'今天我领你住在一个新党员的家里，我看他那里比别的地方还方便些呢！'我还记得我们走下了一个栽着枣树的斜坡，在黄昏中我看见了一条闪光的溪流和黑黝黝的岩石。他领我走进了靠近上坳的一个院落。这里有三间窑，上笼的鸡在一块石板底下咕咕地叫着，院子里还浮荡着犹未散去的蒸晒面酱的气味。他所说的这个新党员是井自贵的本家，原来是一个四十多岁的老头子，他尚未留胡须，但已秃了顶，他有一副灾苦但却忠实的面孔。他当时患着寒腿症，穿着一条棉裤坐在那里。他用了暗淡的疑问的目光望着我，当井自贵低声向他说了几句话之后，他迟疑了一下，突然一阵欢欣跳上了他的眉眼。他扶着拐杖站起来，把手放在我的胳膊上；但是他的腿使他站立不稳，又坐回原来的地方了。这时他换了一副审慎的眼光，混合着他的内心的喜悦，他张开嘴，嘘嘘地响着，始终没有讲出一句话来。

"可是我当时太累了，最后十里路是同井自贵比赛走来的，所以我急于休息。井自贵把我领进了老头的仓窑里。这一件事似乎引起了他们的争论。老头子用一种低而激动的声音说：'这是住在我家里，怎么好住仓窑呢？'井自贵向他解释着，并且举了几次同样的事实做例子；但是直到我们已经搬进来，他还在院子里喋喋不休地说些什么。井自贵告诉我这是一个憨心的老汉。当晚我同井自贵谈了一阵将要着手的工作。

"从此我就变成仓窑里的客人了。按照秘密工作的习惯。我是白天睡觉，晚上出去开会。当我睡觉的时候，窑门外面挂了锁，每天只是送三顿饭来。到了晚上，井自贵就来了，这实在是一个有工作能力的好青年，我同他在黑夜里爬过一座山又一座山的时候，他提着灯笼走在我的前面，永远不说话。我们开会的地方今天这里，明天就是那里，我每天都遇到不同的人；若由到会的整齐的人数，会议中严肃的秩序看来，我相信井自贵除了晚上陪我开会之外，他白天还要费心布置一番。在会议上，他就不同了，他总有一些为别人所信服的意见发表。这确是一个好工作干部，我听说他已调到县里来工作了，那么明天也许可以看见他了。

"我来到的第二天，还不能睡觉；因为昨晚并没有工作占据我的睡觉的时间；但是我必须躲在仓窑里。对面的那一寸五分厚的门板关起来，我知道在它的外边挂了一把锁。除此之外只有后面那一个圆窗，透进来一缕柔和的光线。我细细地观察着这个窑洞，在它的左边用青石板砌成米仓，右边排列着许多瓷瓮，窑顶是阴湿的，而且泥土已经剥落下来了。在这窑里混合着醋酱和谷米的霉气。我有时望着窗棂的图案，有时幻想一下昨晚看见的村外的风景，我这时想我在这里住上一年也不会厌倦的。

"送饭来的是一个老婆婆，我猜想她一定是这家庭的主妇。但是我可以看出来她有着与那个温和忠实的老头子不同的气质。她比较年轻些，性格也活泼些。那时我吃得很少，我吃了一碗就放下了筷子，她站在那里不动，劝我再吃一点。她看见我再不能吃了，就轻轻地叹了一口气。午饭她端来一盆杂面，她喜喜欢欢地同我谈着话，她以为我一定喜欢吃面食；但是我吃得还是那么少，并且那时正是强调'工作影响'期间，我就说：'你们吃什么，我就吃什么，再不敢这样麻烦啦！'从此以后，她就再不同我说什么了，只是站在旁边，面上显出忧戚的颜色。我从她眼睛里知道，她常常在问我什么事情，关心我什么。

"但是那时我是不把这些事情放在心上的。白天我都贪睡着，偶尔起来整理一下我的材料，很少留心工作以外的事情。不过，我也知道了他们这一家还有五个娃娃，我常常听见老头子用了他那沉钟一般的声音，训诫那些吵闹着的娃娃，从他固定的咳嗽的方向推断起来，不难知道他终日都是坐在石床上。在这里吵闹的时间是不太多的，除了早晨的鸡鸣，老头子午睡的鼾声等之外，一切都是静静的。有一次我们晚上回来，在门外遇见了扶着拐杖的老头子，那是满天星斗的长夜，他不声不响地等着我们走过去，看见我们那喘喘的汗气推断着说：'今天又走了二十里路吗？'我惊讶地问他：'你还没有睡吗？老伯伯！''没有，'他答，'我出来走走，就遇见你们回来了。'他谨慎地关住了大门，很久之后才听见他的鼾声。白天在我关着的门缝上，常常有一个人影子在那里闪动。起初我以为是那些娃娃，后来我从沉重的脚步和苦重的喘息断定是他了。他不止一次地这样来看我，有一次我正在写报告，我便喊他：'回来坐坐吧！老伯伯！'他的脚步移动了，随后听见他说：'不啦，你有公事。'但是他并不走，他又在那里站了半天。这确是一个使我感动的老头子，不过这些情形都是我后来想到的。当时，我早就说过这些事情并不能引起我的注意的。

"我在那里住了五天，在第六天上我要回来了。这一天显然长得很，这是因为目前的工作已经结束，我又急于追求新的工作的缘故。我想，从前我认为适宜于我的仓窑，今天看起来已厌烦不堪了。白天毫无光线，晚间常常有成群的老鼠在欢迎我。甚至以为这种颠倒乾坤的生活，是非常滑稽的。从前我常常想到的，闪耀在太阳底下的自然景物，现在变成迫切需要的东西了。我记得将近中午，我就睡不着了，我赤着脚在地下踱步。没有一面镜子，但是我准相信我的面孔不大好看，因为我的体质本来就是瘦弱的。有时我停住脚步，想听取窑外的动静，那正是乡村中静寂的午睡的时候。我计算着时间，我用这几天的工作回忆，来填补这一段在我是非常空虚的时间。我的任务是检查与巩固支部的工作，同时，由我来调查一下这里因为红白交界，党员成分是否单纯。这几天，我给每个小组开了一次会，事前我同党员做了循环的谈话，我指出了工作中的缺点和优点。造成这种印象的原来这里有一个从前入过国民党的党员，而他现在表现积极，已经是锻炼得阶级观念极强的党员了。所以我的任务已经完成了，我需要回到县里去，我的心早已飞了回去，而且又在计划着将来的工作了。

"大约是离黄昏还有一个钟头的时光，我正把行李捆束停当，身体歪在上面休息，我听见后窗外面有个女人同我问话了：'李同志！'她这样喊着，声音清清楚楚地飘进窑里来，我知道后面接着一个山坡，是极少有人去的。虽然这声音听来非常熟悉，而且是一个老婆婆的声音；但终是一个我不熟悉的人，我仍然免不掉疑惑。我没有动，也没有答话。我听见她继续讲下去：'我的男人昨天晚上同你开过会，他叫我给你送几颗鸡蛋。'她的声音停顿了，似乎在等待着我的回话。现在回想起来，她应该不知道我是不是在里边；但是她又说话了：'你收下吧，我走了二十里路，我一个老婆婆，怎么叫我拿回去呢？''好吧，谢谢你！'我不得不这样简洁地回答了。我看见由破了的窗棂间，伸进一只手来，送进了十颗鸡蛋。之后，如同她跳下了一个台阶，脚步响了一阵就走了。

"这件事情是非常简单的，由于不可推却的好意，我才接受了。过了一刻，井自贵就来了，他仍然牵来了那一匹有淡青肚皮的驴子。他把我的被子放上去，我们就准备动身了。我随同井自贵走出仓窑，院子里仍然飘散着咸酱的气息，鸡已进窝，天空覆漫着黄昏的阴影，正是我们来的那天的那个时分。老头子坐在他的石床上，我相信他已在那里不动地坐了一下午了。在他的旁边站着他的老婆和五个娃娃，看出这是一个送别的形式。我走过去同他们寒暄，我说我烦扰了他们，随后，我把那十颗鸡蛋送给了他们的娃娃，我早已想到这正可以表示我的谢意。当我把最后那颗鸡蛋拿给小娃的时候，我听见老婆婆的严厉制止的声音。我抬头望见了他们困惑的面色，他们面面相觑，不晓得怎样对待我才好。当时我只是想起来应该解释一下这几颗鸡蛋的来历，我就对走近来的井自贵说：'你看今天忽然有人送来这几颗鸡蛋，那个人说我昨晚同他开过会……'我记起我底下是这样说的，这是一句见景生情的话，实在不关重要，我说：'你查查看，该是没有人知道我住的地方？'那么我说完这句话就起身了，老头子一直送我到大门。他比我来的时候，颇有些感伤的样子，只不过在他的面孔上，我看出了是一副僵硬的无可解释的表情。

"这件事情过去很快就忘记了，如同我想象的，我回到城里就又埋头于新的工作里了。

"过了半个月，召开第一次支书联席会议，井自贵也来了。他那天送我回到联保就回去了。他的精神，如以前一样健旺。他跑到我的房间来，他说在开会之前，必须先同我谈一件事，问我什么时候有时间。我推开一堆文件，带着工作上的疲倦和耐性说：'那么马上就谈吧！'他慢慢地点上烟，对着我望了一会儿，如同不知道从何说起的样子，最后他还是这样开了头：'你那天走的时候，嘱咐我查问送鸡蛋那件事，呃……'他又咽住了。自然这件事在那时使我想起了那一段已经模糊了的回忆，我不能说对我没有一点兴趣。我静默地听着。后来他接着说下去了，他把事情原委都告诉了我，你们猜送鸡蛋的是谁，原来就是那位患寒腿症的老党员，我住的仓窑的主人。他叫他的老婆送给我，现在这是不难想象的，他们既要送我几颗鸡蛋在路上吃；但是因为我说过：'你们吃什么我就吃什么。'他们恐怕我会同样拒绝他们，于是就装着一个走了二十里路的老妇人，使我不好谢却，便从后窗子送了来。在我临走时我把这几颗鸡蛋又送给了他们的娃娃，同时又说了：'该是没有人知道我的住处，你查查看。'这一句话使他一夜没有睡觉，他盘算着我这一句话将要使他发生什么不幸。他想他是犯了错误，依我说话的口气这一定是不可饶恕的。真是天知道，为什么我说话的口气要这么不冷不热。他已经在他的脑里造成了他的不幸，他愿意用千万个灾苦来换回这个不幸。他第二天一早就去找井自贵了，他要井自贵马上进城来同我说这是他的不幸，叫我原谅他的错误，叫我最好忘记这件事。以上都是井自贵那天告诉我的，但是在我的工作观点上，我的好奇心丝毫没有得到满足。我看出来对井自贵来说这一件事，与其是为了事情本身，不如说是为了送鸡蛋的人。我仍是那么不冷不热地说：'对！我知道了。'我就送走了我的客人。

"又过了十天，在第二个集日的时候，这位新党员——老头子自己来了。他已经一年没有进城了，但是这一天，他提了一双寒腿，跑了四十里路来找我了。我只记得我那天约定三个同志谈话，他来了之后，我就让他坐在一把太师椅子里，他的手扶着拐杖，两只眼睛用一种奇异的光辉望着我。他坐了半天，我还在谈，当第一个人谈完的时候，他走近了我，他把一只手放在我的肩上，他要说出他在内心里早已想好了的话；但是如同最普通的情形一样，他又不知从何说起。他望了我半天，他的嘴唇闪动了几次，他这样说了一句：'啊！我看你胖啦！'但是第二个谈话的人已经进来了，于是他又不得不坐在那把太师椅子里。我间或望望他，他的眼睛一直用一种固执的亲蔼的目光看着我。大约是正午了，他站起来，一直向门口走去。我留他吃饭，同时我问他有什么事情，他似乎惋惜什么似的站了一会儿，然后坚决地说：'不，要回去了，要不我就不得回了。'他是说他的寒腿走得慢，我送他出来，他一边走一边回头望了几次。

"后来我才知道他是为了不相信井自贵能把他想说的话都告诉我，所以他亲自来了。我现在才知道，就是他自己也不一定能够讲出心里的话；但是，另一方面我为了工作上的谈话，我觉得我没有给他一个内心剖白的机会多么不对呀！

"……（沉默了几分钟）对，睡吧；我的故事也完了。"

1941年

揽 羊 人

一百零八只混合羊群，由八年的老牯牴领头，慢慢地向沟底移动。

沟底十分狭窄，青草很少，羊群喜欢吃的白草一根也没有。羊群有一个奇怪的习惯，夏天中午的时候，总爱挤成一团，皮毛紧贴着皮毛，仿佛这样才能避开暑气。只有几只无知的小羔羊离开羊群，跳到崖畔上，啃噬一些枝头上的嫩叶子。

这时，由对面峁上走来一个中年人，肩上挑着三只饭罐子，用手打着眼遮，一面挥汗，一面停下来，对三个揽羊人吆喝道："噢——噢——噢——"

在山地里，人们都是这样引着嗓子吆喝的。顺着声音，三个揽羊人向峁上望去。这个中年人，好像没有名字似的，大家都叫他懒人。他是给他们送饭来的。这三个年轻的揽羊人，年纪相仿，看见了送饭的人，便站住不动了。懒人从峁上走下来，饭罐子没有放下，迟疑地问："怎么，就在这里吃吗？"

羊群看见揽羊人不动，也在沟岔的草坪停下。老牯牴先走进柳荫里，但是那棵柳荫太小，只一半羊就占满了。懒人向一旁点了点头，看去他十分和善，用劝诱的口气说："还不如到背崖底下去呢！在这里不怕把羊晒死？"

懒人说完，折回头来走了一段路，在背崖底下找了一块平地，就把饭罐撂下了。懒人用汗巾揩他的脖子，也不坐下，望着后面的羊群慢慢跟来。三个年轻的揽羊人，各自迈开大步，走近懒人身旁，离开饭罐远远地坐下。看来，他们对于饭罐和羊群，同样没有兴趣。羊群许久不得安静。这是因为前边的羊，一走到背阴地方便不肯再动了，后面的羊要挤也挤不过来，仍然留在太阳地里。一只戴着顶针项圈的大黑狗，在尽它最后的职责，围着羊群叫着，跳着，好歹把羊群赶进靠近水草的地方停下。

懒人凉快了一阵之后，重新拢他的头巾。这人虽然和善，从他拢头巾的懒散的动作里，可以看出他对生活是不满意的。他本是一个长工，今天他顶替一个得了痧症的娃娃送饭来；但这也不是第一次。他懂得地里的受苦人，对送饭的人总是抱着好感。这三个揽羊人对他也会如此的，因此，他微笑着坐了下来。

这三个年轻人，前半晌早把肚子里的汤汤水水消化完了，可怕的太阳，又把他们晒得浑身无力。前一阵，他们那么想吃些什么，恨不能把羊嘴里的青草拿来嚼一顿才好。现在，饭罐子摆在面前了，仿佛先休息一下倒比吃饭重要了。

叫有儿的是一个漂亮的青年，在他正发育的细长身体上，穿着一件条布对襟小坎肩。他长了一双逗眼，喜欢活动，有些轻信，不过，遇事也能拿出主张，是个有血性的人。这时，只有他常常站起来，显出热心的样子，向羊群照上一眼。最后，他搓着手掌，为了吃饭这样快活地说："把罐子提上来吧！"

有儿并没有指定叫谁提。那三只饭罐子正放在阴阳交界处，而福全却坐在被太阳晒得烫烫的地上，他的红脸就像他屁股底下的红胶土。他既不擦汗，也不吭气。如要吃饭，他就得走过来，那饭罐子自然也该他提了。他以为有儿指使他，把脸蛋扭到一边，偏不理会。懒人知道福全的别扭脾气，调和着说："要吃快吃，菜饭趁热嘛！"

坐在离饭罐四五步远的马栓，早已躺下好一会儿了。他的脸色苍白，忧郁地皱着眉。他不讲话，看上去又十分软弱；然而他有一副大胆子，又有一个大肚子。他永远为了主家那个小饭罐子噘着嘴唇。为了吃不饱，他和主家闹过数次，这是谁都知道的。他听了懒人的话，对着太阳望了一眼，然后爬起来，用小铁铲铲平脸盆大一块小地方。这表示说："要提就提到这里来吧！"

到底是有儿自己把饭罐子提来了。福全也跟着走过来。福全先揭开了自己的饭罐盖子。有时他的饭菜会好些，他常常借此夸耀一番。别人对自己的饭菜，也时有评论，尤其今天正好是端午节，对于菜饭的评论，也就更加热烈了。有儿搬着饭罐，立刻喊道："我的是'和面捞饭'，福全的是'捞饭和面'，马栓的是什么？"

懒人怕马栓难堪，扑闪着两眼，有些笑意地说："比什么？主家各有不同，主家对待揽羊的和受苦的，可没有不一样的。"

好像只有福全不同意这句话，他扬着眉毛说："我的还有三片窝窝和萝卜咸菜呢！"

马栓最后一个把饭盖揭开。他的脸色表示了他的饭既不多，又不好。饭里掺着白菜和洋芋，又是稀汤寡水的。这是他早已吃厌了的饭食，所以他又噘起嘴，闷着气不作声。

其实，他们每个人都不满意。按理说，端午节总得吃上一顿粽子的。不过，他们早已饿得顾不得了。只听见三个人的牙巴骨，开始咀嚼起来。虽然都是些粗糙淡薄的食物，也能引起他们的食欲，因为他们都有一副年轻的好胃口。他们为了这副好胃口，真是又快活，又苦恼。

他们都没有说话，暂时陶醉在咀嚼的快乐中。那只大黑狗，照例慢慢地走了过来，在它认为合适的地方卧下。它贪婪地望着那些食物，舌头像掉下来一样，垂得长长的。它早已像它的主人那样，饿得不能忍耐了，不过它仍然斯文地在那儿等待着。只是，它望着福全的时候比别人多些。它知道它的主家就是福全的主家，它也理解到当着主家的面，福全为了某种目的常常抚摸它，表示喜欢它。不过，今天福全的心情一定不好，不然为什么一直不注意它呢？

正像福全刚才猜到的，他的主家忘记给他带粽子了。他走回去也许就会吃到它；但是现在，有儿和马栓可以吃不到粽子，自己也吃不上，可有点委屈。他有些悒悒不乐。

有儿吃完了自己的一碗饭，走去在福全的罐子里盛了一碗，并且问："这是谁家的捞饭，颗粒真大呀！"

有儿有一副美好的面孔，调皮的时候，也是可爱的。福全偏偏不喜欢他，爱和他顶撞。显然刚才有儿的话，带着羡慕的意思，因此福全才觉得得到了满足，没有说话，也从有儿的饭罐里盛了一碗吃了起来。他不但不再感到委屈，连有儿开头叫他提饭罐的事，也原谅了他。

马栓一直沉默着。他的两眉蹙在一起，无血的脸上，永远有一股愤恨的表情。这时，他心里在想着一个得不到解答的疑问。原来他的弟弟年纪还小，可是也不得不出来给人家揽工。并且他这个小弟弟，常常想家。一回家，他就得替弟弟顶工。他顶工的时候，就又误了自己的工。他的主家就为了他常常误工难为他。他在心里问："难道我们一窝子全得给地主揽工吗？若是我再有一个弟弟，也得出来揽工吗？"

那个叫作懒人的，沉闷地望着他们。他知道他们的脾性，知道他们和他主家的关系，也猜透了他们现在想的什么。不过，他们在他眼中，又都是自己的缩影，觉得他们都走着他走过的受苦的路，因此，他一律同情地对待他们。他们也知道懒人是个和善的人，可是懒人自己在地主面前从未低过头，他们知道懒人为了他们对地主的仇恨，也会永远支持他们，所以他们都信赖他，像父兄一般地爱着他。唯其如此，他们在懒人来送饭的时候，各人都以为有了依恃，才任性地笑骂，或是互相攻击，尤其是今天，吃不到粽子的端午节的今天，他们总要出口气，或是为了什么小口舌，闹出点花样来。

懒人看出了这个，他不声不响地往怀里摸自己的烟袋，这才想起他的烟荷包忘记拿了。他立刻把注意力集中到自己身上说："我……老是顾了人家的，忘了自己的。"

"怎的啦？"有儿在一旁问。

"怎么？哼！我刚挑起饭罐，主家又叫我给牲口捏一把草。这不是把饭罐给你们送来啦，可是自己的烟荷包忘啦！"

懒人说起这话，也不只是为了烟袋，主要他还想说他头一天遇到的事。随后，他慢条斯理地说道："唯有今年咱这端午节，过得不成名堂。"

他们三个都停止了吃饭，一齐向懒人望来，又是有儿机警地问："莫不是你也没吃上粽子？"

"可不是，"懒人空吧嗒着嘴，忍受着烟瘾，叙述道，"昨天一早叫我到区上。我赶到枣林坪区，眉眼晒得红格粗粗的。区上一个人没有。找区长，说区长下乡了。找助理员，助理员也下乡了。听说区干部刚从县上开会回来，就一齐下乡检查生产去了。可是主家偏偏挑了这个日子叫我去换粮。家里买下粽叶子，等着换来糯米、枣子包粽子，结果只喝了顿稀饭……"

"这么说，你也没吃上粽子？"马栓头一次打破沉默，瓮声瓮气地说。

"你装什么浑蛋？今天你吃上粽子了吗？"福全只是为了顶撞，才插进来说。

有儿不理他，径自说："你们没听明白，这是咱们主家耍鬼。明说不给揽工的吃粽子，也就算了，为什么还遛懒人的腿？不信，你们今天回去试试，不要说吃不上粽子，主家还得排政府的不是，说挡粮①不对。"

马栓更加挖苦地说："有儿说的在理。我看这里头还有戏呢！怕是趁着揽工的下地的空儿，主家早把粽子包好啦！信不信？咱们在这里喝稀饭，主家在桌上正吃粽子呢！"

"看你说的，吃粽子还得有粽叶子呀！"福全这样问。

"等你回去，粽叶子早就藏起来啦！"马栓不耐烦地说。

---

① 当时，边区限制粮食向河东出口，截住向河东贩粮的人，叫作"挡粮"。如果驮粮到集上去卖，或是换什物，都要经过区政府批准。

"可不是，把粽叶子留起来，明年还能用啊！"有儿插进来，他的声音里永远带着快活的调子。

懒人像是后悔开了话头，他提起一个空罐子向岩下走去。他知道这三个揽羊的，吃饭中间还需要一罐子冷水。

他们三个，这一阵谁也没有说话。他们背着太阳，望着安静的羊群。马栓吃了两碗饭，肚子里还没有底。他很难说，打了底的肚子比刚才好受了，还是更难受了。他望着打了骨朵的番莲花花和柠条的红角角，不愿开口。刚才说到主家的饭菜，自然也想到了今天那台子野戏。看戏、吃粽子本来是人人有份的事，偏偏他们一样也享受不到。如果能把那台子野戏搬到这里，一面揽羊一面看戏多好。想到这里，他不免叹了口气，说："今天日影还早呢！"

"这是头一遭，怕你等久了，心里更冒火……"有儿懒洋洋地答。

福全正敲着饭碗，等着提来凉水，忽然对有儿问道："你说，那些揽工的不比咱们强？"

"强什么？"有儿反问。

福全想了想又说："我是说，揽工的能吃上粽子。"

"吃屁！"有儿不以为然地答。

福全说话，看去天上地下没有边，其实，他都是为了夸耀自己才这样的。有时喜欢说反话，有时不自觉地说出了他和主家的关系，也不在乎。显然今天他满意了，才又说道："说起来，还是揽羊的痛快。咱们要睡就睡个一阵。揽工的，哼！顶着太阳，一天干到晚，今天翻土，明天锄草……"

"别说啦！"有儿打断了他的话，"他们锄下一根青苗，有什么关系？咱们，我问你，若是死了一头羊，担多大沉重？"

福全抢着说："就因为这个，主家才看重咱们揽羊的呀！"

"这是你巴结得好。"有儿猜透了福全的心意，挑明了说，"咱那号主家可说不成话，早晨挑水、扫地，做不完的零碎活，恨不能当牛马使唤……"

马栓从中提醒道："说什么揽羊的、揽工的，别忘了咱们都是受苦人。"

福全本来还想饶舌，马栓一说，他不好再言语了。

懒人提来凉水之后，大家都忙着喝水了。这是他们的习惯：吃个半饱，才想起渴来；喝点水，再慢慢地吃。尤其是马栓，他每天都需要大量的水，来填他的大肚皮。

懒人因为提水，又出了一身汗。他站在一旁，好声好意地劝诱道："吃欢些，吃完了有种的看戏去！"

这个提议正中了他们的心意；可是最初的反应可各有不同。有儿立刻响应说："我头一个去，吃吧！"福全又着头又不着脑地说道："谁敢说受苦人都一样，我看揽羊的今天没有一个去看戏的。"他当然怕去看戏闹出事来，也为了反驳刚才马栓的话才这样说的。主家叫他去又当别论，他不能为了戏台上的笑脸，失去了主家的笑脸。然而，他也不能直接对他们说，他不愿意去，所以立刻沉默不响了。至于马栓敢说敢为，早就盘算哪怕在戏台子底下晃晃，也算是反抗了主家，因此得到了快活。不过，他不能一个人去，他也不能不得到他们的支持就去。懒人的话，中了他的心意，只不知是真是假，是说说算了，还是打算真心支持他们。纵然如此，他的心里也活动起来，吃饭也吃得有滋味了。

马栓吃完了饭，又最后一个喝完了水。他把碗底的残水，向大黑狗的头泼去，好像说，你也凉快凉快吧！

有儿比马栓还要高兴，他一边拾掇碗筷，一边说："今儿的太阳，可红得要命！"

"你怎么不用白洋买顶草帽？"马栓头一次打趣地说。

"还不如把主家的毛翎扇拿来呢！"有儿的眉毛一弯，眼睛瞥了一下。这表示买草帽子不可能，拿主家的扇子也同样不可能。他为自己的话得意地笑了笑。

福全看见别人得意，心里总不痛快。他朝着有儿说："既能拿来毛翎扇，连主家的小姨子也捎来，搬到这个滩滩上来多好。"

有儿不饶福全，两个人滚着、笑着，抱在一起，然后安安静静躺下来了。

懒人没有烟吸，无聊地看着自己那双张嘴的鞋子，叹了一口气。

马栓也跟着躺下，又一骨碌爬起来，挠着发痒的脊背。他脱下那件夹袄，掏出里子来翻腾着，随即见景生情地说："看咱们懒人，大半辈子还没个老婆呢。"

福全躺着，又提起了以前的旧话："像咱这样的，依我说，不会把人家用不着的老婆分一个来吗?"

有儿反驳道："像懒人，叫他分来，喂她西北风。"

懒人闯南闯北走了好几个县，唯有遇到这事，还羞羞答答的，一句也不搭腔。可是，谁都知道懒人和主家顶起嘴来，那才怕人呢! 他在地里的活，永远是头一份，主家只是为了这个才迁就他，让他每年把主家的粮仓装满，反而到处对人说他不是一个好揽工的，把他叫作懒人。这只是为了懒人永远不给主家家里干零碎活。

马栓这时说道："这年头，人和畜生一样受罪；但愿山神姥姥……"

一提到山神姥姥，懒人就祈求地说："好娃娃家，学学好……看你把饭罐踢翻啦!"

那是福全的饭罐子，他没有吃完。马栓走过去，又吃了半碗饭，把剩下的倒给大黑狗吃了。这时，一只小羊羔顺着上面崖坡走过来，踢下一个土块，落在饭罐周围。有儿躺着，顺手拾起一个土块扔去，打中了小羊羔的肚子，小羊羔便跑进羊群里了。羊群跟着苏醒了，有的用角凶猛地角斗起来。

揽羊人午饭以后，照例要休息一阵。

懒人也躺下休息。他们刚要蒙眬睡去，一阵凉风顺着地皮吹过，睡意立刻消失了。

有儿翻了个身，把一条腿搭在福全的肚子上。福全小声问有儿道："你还没说完呢，你们主家后来怎么？"

他们都知道有儿的主家是个老色鬼，做了大半辈子二班主，平生最爱那些女戏子。今天唱野戏的班子，就是他领来的。其中一个叫三女的还住在他家里，这就引起了小婆的醋劲，福全要听的就是这一段。

有儿一板一眼地说了起来："那天，他刚回来，我说的是我主家。小婆哭，主家在劝。听了真是恶心……主家的话比皮糖还软，什么好话都说到啦。可那小婆骂得真凶，哼！她说：'今天是我娘家人在，不的话，准叫你这个龟头不得受用……'"

"是不是他家女客来啦？"福全问。

"不，是她娘家妹子来啦！"有儿回答之后，又继续说下去，"主家对小婆解释说：'三女硬和我借钱，你看我能说个什么……'小婆又说：'那也不能一撒手就是三千五千。'说完小婆就嘤嘤地哭起来。"

"后来呢？"福全甜丝丝地追问道。

"还不是主家直拿软话哄她。这都因为主家娶了这个小婆，不到一个月就跟着班子走啦！这个小婆从此就吃上了三女的醋。"

马栓插进来问："戏班子来的那天，三女怎么住到你们主家？"

"谁说不是。"有儿转过脸来，有头有尾地说下去道，"第二天晚上，三女就闹着要搬。主家埋怨小婆说：'人家早晨要喝口米汤，你也不依。'小婆说：'怨他老人没有积德，没生下好命。过两天，你把我打发走，跟上你那三女吧！'主家仍然赔着小心说：'你这话多没边，好说歹说我是二班主，总得跟着班子呀！'小婆问：'只你一个班主吗？大班主呢？'主家又说：'这是来到了咱村。除了我是二班主，还是主人哪！人家烧把柴，你也拦着，好歹她也算是客人哪！'小婆赌着气说：'你对别的戏子为什么不这样？她来那天，我不在家，是那二小子搬上来的，不然，休想……'"

有儿这样有声有色地叙述着。那个三女他们也见过，是个面容枯瘦、蓬头散发的女戏子，但是这一切对他们却有吸引力。一阵蝉叫声过之后，有儿又说道："小婆真摸底，她又问主家：'我剩下的不吃，三女剩下的怎么吃啦?'你猜主家怎么说，他说：'得啦！这是那天在戏台上我端起一碗捞面，三女那碗没吃完，给我倒上，我拨在一边，谁要吃她的呢！可是她又用筷子拨了两拨，你说我不吃好吗?'叫我早绝死她……'说了半天，小婆还是让主家钻进被窝里啦！"

"她这么摸底，是谁告诉她的?"福全纳闷地问。

"还不是大班主。小婆听了一桩翻一桩。她说那天吃杂面，主家见三女想吃，便急得什么似的。小婆偏偏不理茬儿。小婆简直把三女糟蹋坏啦！说三女偷了他们的盐，又说三女搬家把一个小酒壶也装走啦！"

本来这些事都是可笑的，可是谁也没有笑。他们不知道，有儿主家领班子到底为了什么。本来戏班子唱戏是给人看的，他们这些揽羊的却看不到戏，只能听这一些乌七八糟的脏事。

懒人把裤管撸到膝盖上，露出了多毛的腿杆子，坐在那里出神。想不到这时他发出话来："咱们娶婆姨是为了生娃娃，人家娶婆姨却为了生是惹非！"

"人家南园川北园地，咱比得上吗?"马栓打了个哈欠，怨声怨气地说。

懒人接着道："有钱人找个门当户对的，说是不动钞票，还得花上一万法币。叫咱们十年八年也赚不出。"

"哎哟!"福全听见一个大数目，总要装着吐出舌头来。

"依我说，"有儿霍地站起来，张大眼睛，冲动地说，"我有个主意。咱们三年赚下的，还不够半个婆姨，别说一年的工钱一年花光啦。像这样，谁也办不成事。公家时兴变工，咱们不好也变变工，今年伙着给你娶，明年再伙着给他娶……"

有儿的话，至少引起了一股虔诚的信念。不过，过了一会儿，谁也不以为这是现成的事，于是都笑起来了。

"快别胡扯啦！"懒人这时对他们说，"咋？快些，看戏的该起身啦！"

懒人又一次提出了这件事。因为有了刚才那场谈话，觉得看戏比起变工娶亲来，倒是简单多了，也是可能的，因此，空气马上严肃起来，正像一个重大决定之前的那一刻钟，大家都没有讲话，认真考虑起来。

马栓头一个坐起，对着懒人的脸看了半天，简单地问："可是真的？"

"真的。"懒人答。

"谁看羊？"

"我看！"懒人又答。

这些对答包含了更多的意思。如同："这是你替我们出的主意吗？""是。""你留下看羊是为了担责任吗？""我担。"

真的这样做去，也会是这样的。为了懒人的年纪，和他平素对主家的态度，主家也一定会把一切过错推到懒人头上。

显然，他们又不愿意这样。他们想：为什么自己看戏，偏要懒人替他们挡住。有儿第一个自告奋勇地表示态度说："依我说，我和懒人留下。"

马栓想到去看戏的人也要担极大的责任。他知道福全的为人，临阵总是胆怯。为了这个，他更增加了勇气，立刻同意有儿的分配，说道："好，我俩去。"

果然福全有些迟疑。他磨磨蹭蹭在系鞭子扣，也不抬头，也不张眼，嘴里嘟哝着说："要去，一起去。"

马栓走去提罐子，懒人点着头，不知不觉用了新名词接着说："有儿说的对，咱们也得争取合法呀！这群羊一个人照顾不过来，主家问起，没个说上的。咱们总得走得稳，站得正。"

有儿瞅了福全一眼，也插进来解释道："今天你们两个，明天我们两个，谁也不会吃亏！"

福全仍然犹疑不定，最后说："那我不好明天去？"

"你，看你，"有儿瞪着眼睛反驳道，"你刚才听三女的故事，心里多急，我可是天天看见这个脏货，我不比你稀罕。"

马栓从怀里掏出两根节节筷子，一折两截，向旁边扔去，愤恨地说道："你看，这就是主家给我们的筷子。"他立刻转向福全发话道，"你这扯弓不放箭的人，到底走不走？"

　　马栓就是这种人，他和懒人在一起，一点也显不出什么来，如果他和福全在一起，劲头比谁还高，仿佛他只是为了给福全这种人鼓劲才生下来的。他把福全的破夹袄递过去，顺势从这件破夹袄里掏出一块狗食，向大黑狗扔去。

　　懒人站在羊群那面，双关地说："狗叼的给狗吃，猫叼的给猫吃。对啦，谁也别亏谁。"

　　大黑狗跑去衔住那块狗食，立刻吞了下去，又跑回来绕着马栓打圈子。马栓挑起饭罐子向前走去，大黑狗在后边跟着。

　　有儿站着用衣襟扇风，满脸愉快地笑着。大黑狗又跑回来在福全的脚前嗅了一下，福全才跟着慢慢走去。

　　天边上有几块云朵，头顶上的晴空，分外碧蓝。照射在山坡上的太阳，多么耀眼！周围的黄土层像烤红了的炉壁一样，从地面上升腾着一股股看不见的热气。稍远一点，只有半眯着眼睛才能看得清楚。

　　马栓他们，已经走到非半眯着眼就看不见的地方了。马栓在前，福全在后，那只大黑狗还不时回头望望，仿佛它在惊异今天为什么回去这么早，为什么又丢掉了羊群。不过，周围是这样静寂，一点声音也没有。他们甚至听见了身后羊群移动的声音，也听见懒人对有儿吆喝的声音："操心左边的两只羊羔，畔畔上的那只，还有那只黑的。"

　　马栓突然回过头来，打起眼遮，扯着嗓子喊道："噢——拜世①！你们要走葫芦峁，回去要走葫芦峁！那里有片草……听见了没？"

　　福全早就钦佩马栓揽羊的本领。福全望望后面，看见了一片白雪似的羊群旁边，站着两个黑影，接着他想，他既没有马栓那么关心羊群，又没有胆量领头看戏，主要的他还在想：看了戏之后，如何对付

_____

　　① 拜把子的朋友叫拜世。

主家？所以他一声不响。

有儿听见了福全的喊声，对懒人说："留着葫芦峁明天再走，今天咱偏走这边。"

懒人用模糊的眼光望了望有儿，不置可否。有儿又向懒人望了一眼，像是征求他的意见："今天还早，咱可要好好地躺他一阵。"有儿顺着山坡躺下，从这里正好能照看羊群。懒人斜坐着，一直望不见马栓他们了，他才叹了一口气。

有儿听懒人叹气，翻过身看他。想不到他腰里还剩下一棵小山芋蛋，这时滚出来，一直向山底下滚去。如果大黑狗在，它早就跟着山芋蛋跑下去了。这时，有儿才跟着叹了口气，没头没尾地说道："剩下咱俩也好，总得有苦有甜……"

马栓和福全走到峁顶，在他们面前是一股岔道。一条是走到镇子上的，那里正唱着台戏，他们就是为了看戏才回来的。另一条路是走回主家的。这时福全在前，马栓在后。福全走在这里停住了。他不知道该走哪条路。主家那条路，不是要去的路，但走惯了，也不会闹出什么是非。另一条是今天要走去的路，却是没走过的路。福全不自觉地向回主家的路上迈出了一步，马栓在后边问："喂！你干什么往那里走？"

福全回过头来，张着嘴，半天才分辩道："咱是去看戏呀！"

"看戏，怎么不走这条路？"

"咱是……你……"福全指着饭罐子，结结巴巴地说，"你挑的饭罐子，还有那条大黑狗，也不能带着它们去呀！总得先放下它们再说……"在这之前，那条大黑狗早已擦过他们的腿，在回主家的那条路上，跑了好远了。福全更加有理地说："你还没看见，那只狗早想回家了。"

马栓没有作声，也没有发怒。福全顺着回主家的路走去，马栓也就跟着走去了。

本来遇到岔路的时候，马栓也想到了饭罐子和狗。一个是直接到镇子上看戏，一个是如果先送饭罐子，就得先和主家吵一嘴，先唱对台戏。先看戏，后唱对台戏，哪怕主家吵得再凶，有了既成事实，总是容易些。看，这一下福全把他们引到困难的路上来了。这就必须先和主家吵嘴，谁又知道会吵成什么结果呢。

马栓这样苦恼地想着，越发落在后面了。福全在前面越走越心愧，不时地停一小会儿，在等待马栓。天边上那几块云彩，这时看出是雨云。它一直向天空伸展，后面的云海像千军万马一样跟着扑来，再一会儿，前头的云脚也镶上了黑边……马栓兀自想：要是吵到中间下了雨又怎么办呢？既翻了脸，又没看上戏可不上算。"哦，有了，"马栓在心里叫起来，"这办法最好，到村边上先不进村，叫大黑狗自己回去，咱把饭罐子藏到大田庄稼棵里，管它呢，就一直向镇子上走去，反正这次要看上戏，明天也得叫有儿他们看上戏……"

马栓主意拿定，脚步也快了。福全正在后悔自己不该引到这条路上来，最初也不该犹疑不决。他在心中对自己说："哪个孙子才不愿看戏呢？只要有人领头，我为什么不敢去？"他看见了涌上来的雨云，为了转变刚才的印象，他装着关心地问："你看，不会下雨吗？"

"怎么？你希望下了雨就不去了吗？"

福全生气地说："这是什么话，顶着刀子我也去呀！"

"真的？"

"怎么是假的，我多咱说话不算话？"

"好吧！照你这口气，戏是准看成啦！那么，走快些吧！"

当他两在村边藏起饭罐子，向镇子上走去的时候，有儿在很远的山坡上睡醒了，爬起来第一句话说："他们该是在镇子上看上戏啦！你看今天我去多好。"

懒人没有回答。他一直在观察着气候，这时说道："看这天气也没准，刚才像是要下雨，这一阵又吹了东风……他们的戏准看成啦！"

1943 年

沉默的黑怀德

关老爷磨刀那一天，照例应该下雨的。这一天过去了，月亮升起来，天空飘着一层轻轻的雾，西风却又不住地吹着，没有一点下雨的样子。

吃过晚饭，"人市"上坐满了常客。有的吸烟，有的闲谈。一谈到荒年，荒年的影子就像咬着每个人的心似的，大家沉默不语了。只有水渠边上那棵垂柳，叶子碰叶子，喊喊喳喳地说个不停。

为了这一天不下雨是不是荒年，刚才有人争论了一番。说出各种各样的经验来，但是经验越多，越难做出结论，看来要用沉默来收场了。突然，一个中年人站起来，仰着头，绝望地问道："今天什么风？"

这是微微的西风。这里遇见西风，永远不会下雨。回答西风，对于旱年有什么用呢？

仍然是沉默，没有一个人，在荒年的预感里，喜欢讨论什么西风。可是，一个生涩的声音，从角落上升起，像一只破风箱似的慢慢地说："你问什么风？就那话来，一个老汉在窑里问他的后生：'风从哪儿刮咧？'后生站在当院，摸了摸头说：'风从着我刮咧！'老汉想了半天，又问：'你从哪儿站着咧？'后生答：'还用问，我从风站着咧！'就那话来，吓吓……"

有人笑了一声，随即哑住了。大家都没有笑出来，仿佛话里有种沉重的东西落在每人心上，互相望了望，接着站起来，一个一个地散开了。

"刚才说话的这人是谁?"我问几个没有走开的人。

"你问那是谁?我告诉你,"其中之一应道,"这人很不平常,他搬来三年还有没见过他的。说起这个人,生来就是打他三棍也不讲话的呀!"

"刚才说话的,不是他吗?"

"那是从前的话,"这个人迟疑了一阵,把刚才穿好的鞋又脱下来,垫在石畔上坐下来,带着咝咝的声音说,"正因为他从前不大讲话,刚才讲了一句就大不一样啊!……这话又要从头说起……"

一个年轻小伙子,尖溜溜的嗓子,在崄畔上唱起来:

> 青天红天老蓝天,
> 老天杀人没深浅,
> 人生百岁总有死,
> 少年夫妻不团圆。

随着歌声,狗咬起来了。这时,散去的人们,回到了自己的窑洞。狗咬声这里那里呼应一下,也就停止了。夜静了,西风仍在吹着,灰蒙蒙的月亮升到天空,站在头上。

"这个人叫黑怀德,有一年,他像一只孤雁似的,落在这里就住下了。这个村子没有一个外人。那时,我们对待外人,可是一条心,总要想法挤他出去。

"但是,黑怀德来得凑巧。我们一个出了五服的爷爷,六十五岁还在地里受苦,六十六岁眼睛失明,一步也不能动颤了。原来,这位爷爷,从前犯了家规,在外游荡了三十几年。后来他回来了,带来一身脏病。大家都说,这也算得上'败子回头'。他先在破庙里睡了三天,一口汤水不进。村里活着的老人不多,景象已大变,好歹收他在村里住下。这些年月,他一个人打下粮食,一个人吃,孤零零地生活着。这位老人眼睛失明那年,黑怀德来了,于是他一只手种上那五垧地，另一只手就侍候着这位老人。

"若是黑怀德不来，实在不知道怎样给这位老人送终。可见村里人并不饶恕这位老人。黑怀德来了之后，像亲生儿子一般侍候他，村里人也并不因此饶恕黑怀德，因为他终是一个门外人哪！

"黑怀德在村里住下，和别人没有来往，也不希求什么帮助。他的脸像一块磐石，没有笑，也没有哭。他整天在地里受苦，回到村里，又如同一座泥菩萨，真比一头驴子还沉默。这样，我们也没有放松过，逼得他不敢随便抬一筐垫圈土，也借不出一双筷子。若不叫这么一个倔强汉子，恐怕早就想到埋在坟里，比活在世上还强呢！

"这位老人死了之后，他仍然种着那片地。这五垧地，说来并不强，我们想：'他怎么能在这里生活下去呢？他到底是个什么人呢？'后来，我们打听出来，他是后乡人，离我们这里三十里路。他本是三辈子揽工汉，人口稀少，最后只剩下他一人，于是上两辈子拖下的债，就全堆在他一人身上了。受苦人都知道，丰年自然是财主们的丰年，跌了年景，自然又全背在穷人身上。丰年不是年年有，遇到年景，穷人先是借粮拖租子，最后是典地卖地，弄得满身债务，两手空空。在旧社会里，不知有多少人，像这样由有土地变成没有土地。黑怀德正是这种人，他欠下地主的债和租子，数也数不清，因此，他才由后乡搬到这里来。

"后来，我们慢慢同他和好了。他没有哭过，也没有求饶过，倒是因为他的沉默呀！你想想看，一个人受了几辈子压迫，背了许多债，为了还债，整天像一只牛似的在地里受苦，首先是我们穷人同情了他。你想想看，当一个人整年受苦，到了年底，不得不双手捧着它送给地主，这不是值得同情的吗？但是最打动我们心的，还是后来这件事。

"民国二十三年，后乡闹开土地革命了。我们和后乡，相隔三十里，中间有一道毛家塄。塄那边叫红地，塄这边叫白地。我们这边穷人还睡在梦里，红地的穷人可都翻了身。黑怀德那时人不在后乡，可是他在那里生了根的债务，却一笔勾销了，你想想这事多么意外。后乡土地革命的消息天天来，我们谈起来总是谈着黑怀德，我们都用惊奇的眼光看他，想他，也想我们自己。自己想：'为什么我们的债务不在那里，在这里呢？'我们每个人都想做黑怀德，也把老财的账一把火烧掉，这有多么痛快。可是，我们没有想，后乡闹红了，我们还为什么坐在这里不动？当时，我们这个村子，被反动军队围着，就像蒙在鼓里一样。起初，半信不信地听着这些消息，以为革命一定是由天上掉在那里的，我们既被反动队伍围着，有什么办法呢？现在才知道，实在怨自己的胆子小，既如此，才不配享受革命的果实。"

这里的夜，有流水的声音，花香的气息，到处又都是颤动的树影。讲故事的人，留着一撮山羊胡，头上高高地包着一块毛巾。一明一暗的烟火，时时照出他那棕色的面孔。他径自沉默了一阵，然后接着道："这几年，黑怀德又种上了二财主的地。我原是二财主的伙子，我们两个就有见面的机会了。我跟他认识以来，每次谈话，总不过十句。并且一件事问上十遍，也变成多余的了。走在地头上，我问：'老黑，你这块豆子地不错呀！'他哼了一声，我再问：'你锄了几遍？'他答：'今天才头一遍！'我继续问：'怎么这么好呢？'他一次比一次答复得慢，到后来就说：'好也是它，不好也是它！'你看，怎么还能谈下去呢？这实在是个不好说话的人。

"其实，遇到这种人在一起干活，就顾不上说话啦。你瞧，他的背宽够二尺，两只胳膊像小枣树一样。看他的手，弯曲有力。再说他那又宽又厚的指甲，可以抓破石头。真够得上英雄本色。他干起活来，那么认真、安静，坐在一起休息，只要看着他规整宽厚的脸，再听听他那吧嗒吧嗒的吸烟声，你的心就踏实了。这种人不讲一句话，可是心地照得透亮，觉得他是自己人，要把一切话都告诉他。

"从心里同情他的人确实不少；但他仍是一个孤独的人，因为他始终沉默，不同人来往。说到他民国三十一年办了一个婆姨以后，就和以前不同了。

"在这里，四十岁没有婆姨是很少的。黑怀德娶了婆姨，大家才问：'他四十岁啦?''他以前没有婆姨吗?'总之，他过去没有婆姨，大家不注意，现在娶了婆姨，倒觉得奇怪了。他的婆姨也是个有来历的人。她住在黑怀德的邻村，这个村子遭过反革命的大屠杀。闹土地革命那一年，她头一个丈夫当了红军，那时的生活，就跟现在的队伍一模一样。整天背着被子，回到家来，把被子放在门外石床上，好歹吃上一顿饭，假如遇到反动队伍来围剿，就又跑回山窑里。她那时一个人，照顾一个婆婆。逃难时，有个娃娃，也许不累事，若有个老人比娃娃还难照顾呢！有一次白军把这个庄子杀了个倒运。就在这次，她和她婆婆都受了伤。一颗子弹从她下牙床打进去，从后脖颈穿出来，六个月没有吃一口硬干粮，谁也说她不能活。她婆婆被一颗子弹，在小臂上斜斜地穿过去。可是后来，她婆婆死了，她倒慢慢好起来了。

"她头一个丈夫，最初还隔几个月，夜里回来看一次，从他民国二十五年跟上红军走了以后，再就没有消息。

"她的生活过不下去，民国二十六年又跟上一个受苦汉，到南路去了。听说他们在南路，过得还不错。但是有一年春上，她的第二个男人又害出瘕病死了。你想她年纪不老，腰杆子像面囤子，没有落下一个娃娃，死也不甘心。她由南路回来，娘家一个亲人也不剩了。想来想去只有一个黑怀德，于是自个儿跑来和他一起住下去了。"

这时，西风住了，月亮在天空露出清冷的光，照耀着沉睡的窑洞。讲故事的人，抬起头来寻找什么，然后他又望着星星，小声说："你看那一对大瓶小瓶，老百姓常说大瓶灌小瓶就要下雨，明明两个星星一样平，却说：'噢，快要下雨了!'下雨不下雨，关这一对星星什么闲事呢!"他叹息了一声，直到有一只小虫在脚边叫起来，他才补进来说道："现在，我先得告诉你我们这个乡的减租运动，不然，就看不出这个婆姨对黑怀德的影响了。在我们前川里，有一个财主庄子。从前，我们把财主看成命里生就的，亏得长起这棵大树，穷人都歇在它的阴凉下生活着。但是从八路军来，叫大家讲平等，我们才明白，在这棵大树附近，连庄稼也长不出好苗，倒是这棵大树吸干了我们穷人的血汗。不是穷人靠着财主生活，而是财主剥削穷人生活。这些道理，全说在穷人的心坎上了。

"这里减租的情形，并不那么顺利。最初一两年，因为没有改选旧保长，接到减租减息的条例，旧保长先通知财主照旧分粮，分罢粮才把条例贴出来。穷人呢？大家议论一阵，心眼痒痒的，然后唾骂一阵散开了。你想，这些穷人，从旧人变成新人，活像刚生下来的娃娃，腰杆子是软的，政府拖着穷人爬起来，不扶着腰还行吗？但这都是旧保长那鳖子子，给穷人敲了砂锅。

"黑怀德娶婆姨那一年，已经是减租的第三年了。黑怀德和他的婆姨多么相像，当他们站在一起，真像两棵一般粗的大杨树。一个是四方脸，永远沉默着，脸上带着一种阴郁的、庄重的表情；另一个却是高高的颧骨，全脸被麻瘢所伤害，但那一对明亮的眼睛和小巧的耳朵，表现她是那么快乐自信。

"她一来，就得到大家喜欢。她代替黑怀德参加一切集会。'我在土地革命时，受过伤，我又到过延安，我知道新社会，就不许有这件事。'你听听她的口气，再看看她说到她受伤时，张开嘴巴给每个人看的神情，那么合乎我们的口味。那时，黑怀德当运输班长，自然是她代替。她比他灵活，走到应差人家，她不像别人那么说：'狗娃，抬病号去！'她可是另有一套：'狗娃，又要耽搁一阵你的生活啦！咱们队伍上又下来一个病号。'对方稍一迟疑，她又加上说：'哎哟，这个病号，可真年轻，说话和气，说起那病可重得厉害，叫人看见心疼呢！'若再必要，她就说：'狗娃，放下你的生活，我替你做，咱们勤苦人，捎带着就把公差应下来了。'因此，她这个运输班，全乡都有了名。

"村里对这两个人，有两种意见，有人说黑怀德婆姨厉害，嘴头子能说得鬼推磨，有人偏说黑怀德厉害。到底谁厉害，你到后来就会知道。

"从她过门来，黑怀德的生活，就和从前大不相同了。早晨，他尽管爬起来下地受苦，晌午回来，午饭早在下巴底下端上来。这一年他的麦子，一垧地打了一石多。到秋天，山芋像个茶盅，说起萝卜，像个小罐罐。可是，就有一宗事不如意，说来说去，黑怀德的婆姨不能生育。黑怀德并不把这事放在心上，好像办了婆姨，只是为了窑里干净，而并不一定为了窑里添些声音。至于黑怀德婆姨对他也很满意，她常常对别的婆姨们得意地说：'嗐，你别看他，他干起活来，可有一股牛劲呢！'有的打趣说：'你这只牛，只吃草不讲话呢！'她并不承认这个缺点，说：'他也不是哑巴呀！我知道他有一张嘴，我叫他讲话就得讲话呢！'其实，她并没有把握，黑怀德就是在晚上，也是很少讲话的。

"在秋收以后，从县里派来两个办公的，两个人都背着白挂包。其中的一个，有些驼背，黑色的脸，瞧他多会讲话呀！他对人竖起一根手指，瞅着嘴，说不上两句话，就会听见引起的笑声。他们两个是来搞减租的，先检查了农会的工作，又分头找伙子谈话。这时，黑怀德婆姨，又变成减租的积极分子出现了。头一天，黑怀德婆姨在井边打水，两个办公人走过来问她：'你就是那个运输班长吗？''我怎么是？那是黑怀德！'她答。'我们知道你是黑怀德婆姨，问的就是你呀！'就这么开始了。她把我们这个庄子减租情形，分两头说起，一头说坏蛋财主，一头说受蒙蔽、不觉悟的伙子。她说得干干净净，再没有能比一个有觉悟的妇女，反映更多的材料的了。她说别人，是不是也说黑怀德呢？这一点引起我们猜疑。因为黑怀德也是属于受蒙蔽的一个。那时，我们村里有一部分人对地主还怀着恐惧，因之对办公人也抱着疑惑，不知怎么办才好。起初，我们这部分人想，黑怀德婆姨不会暴露黑怀德的材料，如果真是如此，我们就一切不说真的。走一步看一步，斗争起来，就把黑怀德抬在前边。总之，我们都看着黑怀德的动静，来决定我们的步骤，把黑怀德当作我们的探路石。

"那时，我们还不认识革命的真理，确实如此。

"想想黑怀德的命运吧！土地革命时，勾销了欠债，多么幸运，只因自己不在后乡，没有分得土地，又是多么惋惜。虽然如此，这几年如果实行彻底减租，他早该过得好一些。可是，现在，他受尽了辛苦，还不能不饥不寒。

"办公人那一夜，找黑怀德谈话。你知道他本是一个沉默的家伙，遇到这种事，更是闭口不言。办公人也没有说出黑怀德婆姨贡献的材料，两方面都在试探。黑怀德怕找典型，办公人要黑怀德有自觉，就像到后来，还要黑怀德自己背着口袋去退粮，不能由别人代替一样。谈话中有说理，有同情的讥讽。到后来说理再多，也不能不根据实际材料做出结论。'黑怀德是个没有觉悟的受蒙蔽的伙子，他只能在斗争中得到教育。'这句话便决定了黑怀德的命运。

"半夜之后，黑怀德冲出门外，觉得一阵头昏，靠着一面土墙站下来。他闭上眼睛，还看得见刚才谈话的两个人，一个始终对他微笑地说着什么，那一个，深深地望着他，一语不发，可是他觉得这眼光，一直刺入他的心肺。黑怀德心中不住地盘算：'他们到底知不知道底情呢？'另一个声音却马上在耳边响着：'不会，没有人知道！'他想不到自己婆姨早已贡献了他的材料。黑怀德在积极分子中间，惹起最大的反感。他们对他一律抱着讥讽的笑脸，眼睛里似乎在说：'你装作不知道，可是我们看见你额角上出汗了。'有时，他们插进一句：'你不知道穷人退出几颗粮又能吃一顿吗？'或者是：'你不知道，减租减息为了咱们穷人活命吗？'黑怀德心中冒起火来，脸上可是始终不动声色。总之，从头到尾，他本着老例没哼过一个字。大家认为他最顽固不过。有人喊：'别人还会说个不明白这三个字，你连一个字也不哼！'也有的说：'不能叫他一只老鼠，坏了一锅汤！'黑怀德在心中也向他们求饶过、辩驳过……他的心情越压越重，恨不能一口气把心里的话全倒出来；但是又觉得喉头的塞子仿佛还没有揭开。

"另一方面，他的婆姨在家里，一夜没有好睡。她左等右等，还不见黑怀德回来，她想起办公人的话：'照我们估计，黑怀德也许是这一乡减租的大问题！'这时，她仿佛已经证实了这句话，现在才知道了这句话对她的意义。如果不能突破他，只因黑怀德全乡的减租运动不能开展，怎么办呢？于是她刚才快活的等待心情消失了。按道理说，黑怀德应有无比的勇气，因为他生长在闹过土地革命的地方；因为他是门外人，毫无牵挂，因为他过去受尽了穷人的痛苦，可以冲破一切，第一个得到减租的好处，也能第一个先得到新社会的赞许。但是，直到现在，他还没有回来，一定不会那么顺利。假若全乡这次实行了减租，唯独黑怀德是一块劈不开的榆树根，她的脸放在哪里呢？

"黑怀德婆姨左思右想的时候，黑怀德正蹲在墙根下，回想着刚才在谈话中遭受的打击。在谈话以前，他还是一个被大家同情的人，忽然变成顽固对象了。他沉思了许久，没有勇气离开一步，仿佛任何去处都可以吞没了他。直到散了会，众人的脚步声在他身边停息，他才走回家去。

"他回家以后发生的事，我们无从知道。后来由黑怀德婆姨口中，听说黑怀德从回去，瞪着眼睛躺到天明。最初，黑怀德婆姨小小心心地看着他的面孔，又用小言小语引逗他、安慰他。她想：'他一定和别的穷人一样，他将去退租，带起头来……也许刚才受了委屈，但他终于觉悟了，扛起大旗……'然而，黑怀德像一块石头躺在那里，从他嘴里，什么也问不出来。反而从他的面孔上，看出了一切不幸。'果真是那样吗？'黑怀德婆姨心中想，'他什么也没有承认，别人全都减了租，而他却是这种人，我怎么……'一阵刺心的寒栗穿过。她侧过头去，眼睛被一层泪水蒙住，然后又闭上了眼睛，蹙着眉头，一种模糊不清的意念，在她心中产生了。是她对他的顽固的厌恶吗？是她对他的沉默的反感吗？她对他过去受尽的苦难，曾给予无限的同情，但是今天，她再给予同情，就非常难堪了。

"'怎么，我不能同他生活下去了吗？'最后她这样战栗地想。她的思想像一盆糨糊一样，什么也不能想了，只是悲哀地望着窑顶，又望着窗棂。天明，她悄悄地爬起来，走出窑洞。

"当她回来的时候，她已经知道了昨夜办公人谈话的全部情形。她走进窑门，觉得过去全部熟悉的东西，忽然减色，正因为这是最后一步路，自己要离开这个家了，在心中也泛起了一点点留恋。但这种星微的留恋，和将来那种难堪的生活比较起来，已经微不足道了。

"刚才，当她起身之后，黑怀德突然惊醒，他知道婆姨不在，预感着什么事情要发生。他突然喊起来。他的声音在窑洞里，空空地回响，响了一阵又静寂。他躺下来，想着他婆姨可能去的地方，心里就一阵紧似一阵，再也不能那么平静了。过去，债务逼他这样不安过吗？过去，他又这样喊过她吗？

"黑怀德听见动静，马上坐起来，面对着他的婆姨。她脸上有两朵红云，仿佛刚才跑过一样，她却不走近来，一直走到立柜跟前，背对着他。他这时第二次喊她了，并且，从来没有过地这样问：'你到哪里去了？'如同这件事与他有极大关系，不问明白，放不下心。

"他婆姨转过身来，对他的发问，十分吃惊。平时，只有她发问，他摇摇头或点点头。今天却是他第一次向她发问，觉得极不自然。她心里说：'为了你，你为什么还要问，一切还不是因为你不讲话，你又问什么呢？'她变得更加沉重了。这时，黑怀德又问：'你到哪里去了？'她依然在心里想：'你问了有什么用，一辈子事，你自己昨天就做定了呢！'她一直没有回答，很长很长时间过去了，她始终没有回答一个字。无疑的，她也学会了沉默，也不点头，也不摇头，甚至像死了一样，在她眼睛里，看不出鼓励，也看不出责备。

"黑怀德第一次，感到沉默对他的压力。他摇着她的肩膀，想要摇出一个字来；但是徒然，她依旧沉默着。她突然感到一种力量，这力量使她不肯安静。她怕他会再恢复原态，会又变成沉默，会又退缩，因之，她要保持现在对他的控制。她死揪住自己，越揪越紧，心弦像千百个人拉住了一样，不肯放松，她不能，实在不能对他说一个字呀！

"黑怀德一会儿站在她面前，一会儿站在口袋面前。这口袋还是她昨天晚上准备出来的。她以为昨晚谈了话，他会领头到地主面前退粮。黑怀德已一刻不能安静，他已失去了最后的平衡。他反复地说：'为了这个，我才不去的吗？为了什么？为了什么？不能，不能这样……'他走在口袋前面站住。他又走到他婆姨面前站住，他用眼睛请求：'哪怕，笑一笑，哪怕说一个字……'但是他的婆姨依旧沉默着，窑洞里像死了一样。他突然回转身，与他婆姨眼睛相遇，眼前一阵昏黑，向前抢住口袋，跑出去了。

"他跑着，一股热流，激在嗓子眼里，不论碰到什么，都会触发一样。就像这样，他跑到办公人那里，他跑到地主那里，他变成全乡第一个要地主退租的人了。像我们看到的，他的行动给了许多人勇气，他又亲自劝导两个比他还顽固的伙子退了粮。最重要的，他那一天，像开了堤的河似的说着说着，他是说了那么多的话。

"那一天，他尽说着：'我要退粮！我要退粮！'他的用字不多，可是像标语一样明确，全体伙子一致拥护他。所以后来就推选他为全乡的农会主任了。从此，没有人不相信他，因为他是土地革命区长大的，他受尽了穷人的苦，都相信他的心，那是一颗黄金般的心，真正的穷人的心哪！"

讲故事的人，结束了这个故事。但他的眼睛，在黑暗中放着异样的光，仿佛还在述说什么。而我的思想也在回旋，也仿佛仍在听他无言的叙述。满天星宿在映眼，依照乡村的经验，快要下雨了。每个人都在祈祷着下雨，在接近抗战胜利的今天，荒年确是一个最大的威胁。

"但是，为什么他刚才讲了那段话，大家都散开了呢？"

"你问得对，"对方的调子变得轻快些了，他说，"这的确是个能人，他比一切庄稼人都熟知每一块土地、每一样庄稼，他更能推想将要来临的年成。我们乡下人不懂什么科学，自小到大凭经验生活，就以他来说吧！今天唯有黑豆捉了苗，他十二垧山地，种上七垧黑豆，他为什么种黑豆呢？有人说今年春天蛤蟆叫得早，收黑豆；有人说黑豆九瓮水，什么土都扎得住根，所以耐旱。依我说，陕北这地方，隔几年多种点黑豆是对的。他有三十几畦园子，去年雨水好，种了小麻。今年大家还是种了小麻，他却种了大麦，大麦眼看就要收割，割了大麦就能种白菜，你想他有了这三十几畦白菜，还怕跌年成吗？俗话说，吃不穷穿不穷，计算不到才是穷。像黑怀德，就是一个会计算的人。他同我们一样度过了几个荒年；但他的荒年，就和那些懒鬼的荒年不一样。前几天大家怕旱，要抬龙王，又要唱戏，只有他反对。他是有理由反对的，正像今天晚上一样，有些人整天在'人市'上说天旱，道年荒，都不商议一个有效的办法，在陕北整个春天不下雨的年成，数也数不清，先不接收过去的经验，又不响应政府防旱备荒的号召，有啥办法？"

"你们这村，真要抬龙王吗？"

"你明天去找黑怀德，"他答，"他会告诉你的，有了这么一个农会主任，就不要想抬什么龙王。"

1944年

"女儿坟"最后一代

——一篇无可考证的传说

一九四三年的一个晚上，我投宿在远离大川的一个小村庄里。

我在过去行军生活中，养成了一种好奇心。常常是夜晚投宿了一个村庄，黑幢幢的树影，坎坷不平的道路，加上饥困和疲累，当然，什么也未看见，只是听见了主人的声音，或是摸到了主人的手，接着就在稻草的微香中睡去了。那么，第二天一早，我就要跑出去，找一个高处，端详一下我在它的怀抱中已经睡了一夜的村庄。这时，往往会使我得到一种意想不到的快乐。看吧！清新的空气呀！雾蒙蒙的树梢哇！或是正在引颈高歌的红冠公鸡呀！主人也许是个和善的老者，或者家里还有一位年轻的媳妇，正在挑着两只木桶，顺着石阶向河边走去。红澄澄的太阳照着她的白头巾，照着缕缕上升的炊烟，整个村庄这么静穆，又这么暗含着一派欢腾的气象。

我住在这个小村里的第二天早晨，照例又跑出去了。

这个村庄的古老整齐的窑洞，一字排开，修筑在一里多长的阳坡上。村庄梢头立着一座庙宇，它使我觉得格外亲切。

我走了好一阵才转回来。主人是一个五十几岁的老人，他蹲在地下等我一起吃早饭。我照例寒暄道："这是什么村子呀？"

"唔——"主人拖长了声音，慢腾腾地答道，"这叫巩家沟，叫白了都叫作'俊'家沟哇！"

"依你说，这里没有外姓人吗？"

"有，可是不多。我说呀！不外三五户，其余的全是我们巩姓。"

老人说着站了起来。早阳翻过墙头，在他脸上的皱纹深处，投下了许多条黑影。我知道乱世年间，这里的老百姓有过一番大迁移，后来才又慢慢安居下来，所以我又问："你们，也是从山西大榆树移过来的吧？"

"我说呀！"老人用手摸了一把脸，似乎要抹去那些黑影，他挤着眼睛，和善地答，"我们，可是一直住在这里。我们什么地方也没有去过。说起老根，我们原籍是山东孔姓……那么，就是这样啦！周围三五百里再没有姓巩的，只是我们这一堆，不像他们马姓，分什么'川'马、'崖'马，还有什么'山'马①……"

孔姓和巩姓，音极相近；但是为什么不姓孔而改姓巩了呢？当我这样问下去的时候，老人摇摇头，把那顶毡帽拉了拉，敲着烟锅走出去了。

早饭，也给我端来了一盆切切饭。在陕北的城镇里，可以吃到用手指把锅盔捏成碎块的羊肉泡馍，同样，在陕北的农村里，年老的妇人们常常在青石板上，握着一柄小锤，把一颗颗黑豆轧成梅花瓣形。用它煮成的稀饭叫作切切饭，上面浮着一层乳白油花，吃起来十分可口。

我吃过早饭，又来到那座庙宇跟前。庙前几个年轻农民，看去也很和善，他们同我的房东老人一样，谈了一阵就不谈了。关于巩姓氏族的事情，虽然没有房东老人那样讳莫如深，但对一个外人，也不轻易放松警惕。

这几个年轻农民都是勤恳、忠厚、坚强、可爱的人。他们比别处农民土地少些，也比别处农民团结些。他们对氏族的长辈极其恭顺，对外人又极其谨慎，这两者互为因果，又浑成一体。看来生活环境在他们身上打下的烙印由来已久了。

---

① 川、崖、山，这是依照不同的地方来区分马姓的意思。

事后，我知道这个氏族，真的有过一段年深月久的悲惨的命运。只是今天的新社会，才使他们翻了身，过着了幸福的生活。年轻的一代，已在自由自在地生长起来；只是那些老人还忘不了过去的回忆。其中最老的一位，如同一座活的纪念碑似的，生存或死亡都各有其价值：要么，用它来对照今天的幸福的生活；要么，就倒下去，埋在土里，象征着新一代纯洁的开始。

幸而，我还有机会再住几天。我从两个外姓人的嘴里，知道了巩姓历史的一些片段。

"提起他们，全是女儿坟的后代……"两个外姓人这样对我说道，"村后有一块走马梁地，女儿坟就在那块地头上。"

"为什么叫女儿坟呢？"我问。

"这都是老人传下来的，不知多少年啦。有人说那就是官窑子呀！"其中一个说，"只有犯了罪的人，才会落到这个下场。"

"犯罪？哼，犯谁的罪？还不是旧社会压迫穷人。"另一个年纪轻些，愤慨地插进来。

"这就是啰！毛主席说封建社会是一座大山，压得人喘不上气来。咱们都在数，也许巩姓的压在最下面。他们男人，就是那些巩姓的，叫作龟头丐老。男的女的，一概操着贱业。女的不许嫁人，男的也不许外娶，只好兄妹同婚，永世见不得人……"

"再说说女儿坟吧！"那个年纪轻的接着说，"就是这些老女子，一辈子嫁不了人，老死之后，全埋在那个女儿坟里。那里一共埋了六十三个。"

"你说的也不对，有人还说埋了七十二个呢！"

为了这个数目，两个人争论了半天。年纪大的说，他是从一块碑碣上知道的；可是年纪轻的反驳说对方根本不认识字，碑碣又有什么用呢！我问那块碑碣在哪里，他们齐声告诉我，那块碑碣早已毁掉了。

"他们从前犯的什么罪呢？"我又沉思地问。

这回轮到那个年纪大的先说了。他说："谁知道犯的什么罪呢？听说，巩姓的祖先住在山东，从前还是有功名的，犯了罪才被皇上贬下来。从此，世世辈辈变成流民，不许进考场，不许当官差……"

那个年轻的，又小声地插进来说："现在，我还能够找到那孔暗窑呢！里面哪，尽是吹鼓家什，喇叭、铜锣、铜钹……他们从前都是吹鼓手，这些家什辈辈传下来，多着呢！只是前几年才在暗窑外面，另砌了一座石窑，你知道这是为了什么？"

我摇了摇头。

年轻人笑了笑，说："他们自己厌弃它，也不叫外人知道它……你知道还有一首歌呢！"

他俩一起向我背诵了这段歌谣：

> 巩其生，生得怪，
>
> 走在山东，转在口外。
>
> 元宝背在褡裢，买的顶戴，
>
> 走在坟里四揖八拜。
>
> 老家老亲躲在坟外，
>
> 谁家公子差（错）拜，
>
> 几辈子不攻书，哪来的顶戴？

这首歌谣，是他们两个一人凑一句，慢慢想起来的。单凭这首歌谣，来推断世世代代的流民巩姓的历史，自然不会真实。巩姓为什么和孔姓有关？他们为什么被贬为流民？巩其生又是他们哪一辈的祖先？这一切都年代久远不可考了。不过可以肯定的是封建统治制度，不但荒唐无稽，而且漏洞百出。因此不准进考场的巩其生，用钱买了功名，也许是真的。而且那些由州到县的官道上记载巩姓罪名的诛碑，就是由这位巩其生粉碎的，也就变成可能的了。

除此之外，这两个外姓人不能告诉我比这更多的事情。他们最后对我说："如要问个详细，两里外住着一个老婆婆，她还知道一些，请你去问问她吧！"

第二天，我去访问了这位老婆婆。

可惜这位老婆婆，已到了言不及义的年龄了。她拥着一条破被，瘫痪在炕上，扯了一阵对我并没有兴趣的话。在这一场谈话里，并未带来什么新的材料。

我离开的那天早晨，又遇见了那个年轻的外姓人。他用嘴唇嘘嘘地叫喊，一群白绵羊从羊圈里出来，向崄畔上走去。我和他走平了肩，问道："你们过得好吗？"这个年轻人从羊肚子毛巾底下，不解地望着我。我又加上一句，说："你和他们巩姓，还处得来吗？"

"有什么？"他狠狠地白了我一眼，又和他的羊群吆喝了半天，才接下去说，"年时闹减租减息，数我们村闹得早，闹得彻底。他们个个都是硬邦邦的铁汉子，人众，心齐。我也是穷人，跟着他们一辈子也不会后悔的……"

说到这里，我才听出他说话的口气，有些怕生，好像我们昨天不曾谈过巩家的事情。我知道他的兄弟娶的就是巩家女子。我想问他的兄弟媳妇，是不是巩家出嫁的第一个女子。不，也许正是为了这个，他才装出冷淡的神情。我跟着走了几步，搭讪着问："你说的女儿坟，到底在哪里呢？"

"那不是——"

他用土铲向山上一指，然后跟着羊群，向河边的草地上走去了。

我站在那里，向他指过的方向望去，似乎看见了一块荒地。

如果那块荒地真的就是女儿坟，看来地方并不大，也只是在生产运动开展之后，所常见的一座光秃秃的坟地而已。铁犁已经切去了它的边缘，小小的坟顶从绿油油的禾苗中间冒了出来。它的坟顶也许还要一年一年地小下去。也许有一年这个伤心的标志，终于和它的碑碣一样，从地面上一下子铲掉的。

我又回头望了一眼那个揽羊的外姓人。一身老羊皮袄，斜斜地挂在他的肩上，两手扶着土铲，眼睛凝视远方。他的庄严的背影，好像对我说："受苦的穷人，心心相连。光明既在前面，回头看又有什么意思呢！"

可是我很久不能忘怀这件事情。有一次当我翻阅米脂县志的时候，我想这里一定会有些记载的。于是我翻遍了纲目，又详细地阅读了所有的人物志。鸡零狗碎的材料倒很丰富，一个没有价值的"贞妇烈女"倒占了大半页篇幅，可是对于七十二个有着悲惨命运的女儿，对于整整一个村庄，又是世世代代被压迫的巩姓的历史，却是只字不提。这使我大失所望。

此后，每逢我遇到陕北的朋友，都要问起巩姓的事情。可惜他们也只能说上片言只语，知道的并不比我多。后来，连我也慢慢地忘记了。

两年之后，我在黄河南岸的一个商埠里，遇见一位老人。他有七十岁上下，一看就知道他是一个阅历多、见闻广的健谈的人。他说他家住陕西米脂县，正好离巩家沟不远。当他知道我对巩姓的历史很有兴趣时，就和我讲了下面这个故事。

我要说的是一位老人，就是女儿坟最后一代那位老人。

你刚才说到那孔暗窑，我也从这孔暗窑说起吧！因为这个故事就是从这孔暗窑引起的。

你已经知道，他们巩姓的人，从前世世代代做吹鼓手。他们无尽无止的岁月，就是在那些哀怨的吹奏乐曲中度过的，充满了伤心的眼泪和无声的叹息。说到种地收庄稼，还是后来的事。民国初年，他们把全套吹鼓家什收拾起来，那些喇叭呀、锣呀、鼓哇，统统塞进那个暗窑里了，仿佛这样，过去辛酸的生活就结束了，好日月就开始了。

但是国民党那个社会，人吃人的制度好不了多少，穷富的界线分明，封建道德的影响仍在作怪，对于巩姓来说，不过是放下枷板，又换上了一副绳索，依然在绳扣里过生活。一直到了共产党领导的新社会，他们才真正见了天日，过着了幸福平等的生活。

现在，青年一代自由自在地生长起来了，中年人也都快活地劳动着，老年人所剩无几了，最后只有我说到的这一个了。

这位老人，说起来就像杂木丛中应运而生的一棵柞树。他身材高大，生下来仿佛就为了承担几百年来氏族的一切厄运。他生性坚忍而沉默寡言，像要把所有的沉痛的记忆，凝聚在他一人身上，不再散播。最后，如同秋风吹过树叶一般，他的疑惧的心，又多么脆弱呀！

有一次，他曾对我说道："我要生在过去也好，至少我会像我的先人一样，听天由命地死去。要是我生在今天也好，不要知道过去的事情，让我像这些年轻人一样，无忧无虑地生活着……"他是说，他是女儿坟最后一代，又看见了新生的一代。他爱新社会，爱自己的幸福的后代。他希望这些年轻人像荷花那样，一尘不染地生长，但愿那些龌龊的记忆，在他一个人的心里烂掉。可是……

总有些不明事理的外村人，吵起嘴来对巩姓的人骂道："走，我领你刨家什去，刨出来成立它几个吹手班子……"这话就是指的那个暗窑，那些吹鼓家什，那些可怕的过去的生活。这位老人，一听见这句话，他的头垂下来，就像一根无情的鞭子抽打着他。

这样，这位老人永远得不到安宁。他最后的日月，又幸福，又带着战栗一般的恐惧……每逢他想起那个暗窑，他的心就收缩起来。后来在夜晚里，他一闭上眼睛，就觉得有人走近暗窑，不由得从梦中惊醒，而且浑身流着冷汗。

从此，他变得异常暴躁和不安，当然这是由于疑心而来的，也可以说是由于谨慎地维护美好的未来而来的，要不，怎么解释才好呢？

既然如此，这位老人就站在他必须自己进行选择的道路上了：或者自己死去，断掉过去的根，让后人什么也不知道；或者消灭那些吹鼓家什。可是，这两个都同样不易做到。以消灭吹鼓家什来说，如要焚毁，必须先搬运出来。由谁来搬运呢？又由谁来烧毁呢？这不等于是掩耳盗铃吗？

思量的结果，他决定在那个暗窑前面，再砌一座石窑。本来那座暗窑已没有几个人知道了，砌了石窑之后，就可以忘记得干干净净了，而且他自己也可以活下去了。

　　当这位老人提出这个建议的时候，他的子孙没有什么非议。把它当作老人死前的一件不可违背的愿望那样，便被执行了。

　　石匠师傅请来了。那座石窑在那天早晨就动工了。

　　在这位老人身旁，躺着一只黑猫。这是一只可怜的猫。从前在这个家族中，谁也不喜欢猫。因为它的光滑的皮毛，使他们想起富贵淫奢的官吏，它发出来的咪咪的呼声，又使他们难挨的黑夜变长了。可是老人的孤寂需要它。它永远夜以继日地陪伴着他，当老人的烟锅吸燃的时候，它的瞳仁也跟着闪亮一下。

　　这一天老人穿上了一件干净的蓝袍，腰间束上一根紫色的线织宽带。一个老年人，听觉不知不觉地迟钝起来，仿佛这是为了不让生活的声音扰乱他，使他能够安静地回忆自己美好的一生。可是对这位老人来说，回忆是痛苦的，也是可怕的。他为了埋葬自己的回忆，不，这不单是为了他一个人，主要是为了埋葬他们全家族的回忆，他才决心砌这座石窑的。

　　按着他细心的嘱托，今天请来的石匠是极远的外路人。他似乎听见了凿石的声音。其实，这是他的幻觉。砌窑的地方很远，即或传来凿石声，他的耳朵也不会听见的。不过，他相信他是听见了。他想起当年堵死那座暗窑的时候，他年纪还小，是子孙中间的一个，他们在挑泥，在砌墙，个个像履行一件庄严的任务似的。可是，就在前一天，他对他的长男提出砌这座石窑的时候，他从长男的脸上看出了一阵轻蔑的表情，因此，老人十分不安，他几次想走去看看，他们是不是按照他的心意办事了。

　　老人戴上帽子，走了几步，又把住门框站下。这是因为他忘记拿他的拐杖。他拿着拐杖迈下门前台阶时，他的腿有些发抖，腰也酸疼，同时，那阵凿石声又传过来了。

这是一阵捶衣的棒槌声，正好在这个时候响了起来。老人把手放在胸前，一抹安心的微笑爬上了他的嘴角。

按照习俗，第一天应该招待石匠吃一顿杂面条。他想，过一阵他可以去陪一陪，表示他的敬意。另外，他仍然有些不放心，他想从石匠口中查对一些真实的情况。

再说，这一天他没有走到动工地点，除了年老体衰之外，还有一个更重要的理由，那就是他不愿意除了他的长男之外，被其余的子孙识破他的意图。他仔细地考虑过他的意图是对的。这样做会使他的子孙永远忘记他们家族过去的历史，从此可以平静地过幸福的生活了。那间暗窑，有些子孙是知道的，只让他们把它当作一件平常事来完成就成了。如果因为他到场，他们知道了他们在做着什么，岂不是在他们心灵中更加加深了这个回忆吗？

羊群踏着石板，向羊圈走去。落日的光辉照在窑洞的窗子上，像一片火光一样。老人慢慢地走进了长孙的窑洞。他的长孙媳妇前两天回娘家去了，请来的石匠就歇在这间窑洞里。不久，石匠师傅们就该回来了。正在这个时候，一阵抑扬的喇叭声，冲破天空响了起来。起初，这阵喇叭声仿佛是从远远的山村里发出来的，以后如同忽然打开了一扇窗户，又像是在山脚下一个窑洞里吹奏着的一样。

老人惊恐地站住。他的脸变得苍白，他的两手像落叶一般抖颤着。这一次，他无论如何不相信他的耳朵了。在这个村庄里，从开始务农以来，从把那些吹鼓家什藏在暗窑里以来，再没有听见过喇叭声，就是庙会上的泥制喇叭，也没有一个人敢带回村子来的。

今天是谁在违犯禁例呢？这是谁在吹奏呢？究竟是谁，忘记了这个家族的隐痛，在大胆地吹起喇叭呢？

正在吹奏着的，是婚葬中所常用的"大开门"牌曲。它在一个段落上悠然地停住。以后由一个生手代替了他，一阵阵的拖长的低抑的单音，在天空中悲鸣。

老人向前抢了两步，烟管从他的手中落在地下。喇叭依然在吹奏，喇叭声依然在天空回旋。这是再真实不过的声音，再也不能不相信自己的耳朵了。他扶正了那顶黑碗形毡帽，便走出了窑洞。

迎面的山坡上，已燃起了灯光。不知哪一个懒人还在打水。铁链的响声，从井泉那里传了过来。老人用他的拐杖，探着陡峭的石路，走下山坡。平常，他十分尊重自己，喜欢把自己放在儿孙的监护之下。今天，他再也顾不得这些了。

他顺着喇叭吹奏的声音，走到背阴山坳里的三间窑洞前面。他在盛怒之下，想不起这是哪一个后生住在这里了。这些年他们家族繁荣起来，都另立门户赁开了。但是，这条路他还熟悉。他转过牲口圈，看见一条灯光，从门缝里透出来。这时，那只喇叭，正在玩弄着一段尖高音，如同莺喉一般流转。这在老人看来，也是一种罕有的技艺。他不自禁地在门口站住了。

老人顺着半掩的窑门，看见了那个吹奏者。显然这是一个外路人，三十上下的年纪。他盘着双腿，坐在炕沿上，眼睛半闭着，两腮随着吹奏在掀动。不一会儿，他把哨嘴抽了出来，喇叭声也跟着停止了。只见他有一副黑脸膛，两只深沉的眼睛，如同醉了一般凝视前方。在他旁边坐着一个十七八岁的后生。他的面容枯瘦，两眼盯着吹奏者正在吧嗒着的麻木的嘴唇，露出了满脸羡慕的神情。

吹奏者接着又拿起喇叭，吹奏了几个塌音，才对这个年轻的后生，用南路的重音教导说："看啦！先吹这几个塌音，以后再练习换气。吹上十年，要是不会换气，也不算能手！"

年轻的后生惶惑地接过喇叭，脸上喜悦的光辉消失了。当他按着节拍吹奏的时候，苍白的两颊出现了两朵红晕，他的细瘦的脖颈也跟着红了起来，显得十分吃力。最后，他为了不熟练的手指，停止了吹奏，握着那只喇叭，气恼地低下头来。

看得出来，吹奏者非常喜爱这个后生，只见他又拿起喇叭，吹起那几个塌音，并用眼睛暗示那个后生注意他的手指，十分耐心地教导着。这时，站在窑外的老人，已经从这个戴着一顶毡帽的吹奏者身上，认出了他不仅是一个外路人，他那怡然自得的神气，只有由南路回来过冬的工人才有。但是那个年轻的后生，只凭某一点血统上的特征，就认出了他是自己的子孙。

如果在外村，只凭这个吹奏的技艺，既能在热闹的场面里走动，又能获得整个冬天的口粮。看来，这个年轻的后生，为了这个，才要学会这个技艺的。或者，他只是为了喜爱音乐才这样的。他的专注虔诚的表情，难道不是最好的解释吗？不过，不管哪个目的，他都违背了这个家族的无言的禁例。

老人就在这一刻钟走了进去。老人的出现，对他们来说，实在有些意外。因为这位老人很久以来，就不曾跨出他的窑洞了。老人的庄严的仪表，或者由于喇叭声突然中止，使窑里的空气显得格外肃穆。年轻的后生，起初有些惊惶，那个吹奏者也有些不安。年轻的后生忙着施礼之后，稍稍安静下去了。他丝毫没有想到老人的来临有什么目的，只觉得这个孝敬老人的机会是难得的，只是还没有想出应该怎样孝敬这位老人。

至于这位老人，从他走进窑洞之后，他的眼睛就一直没有离开过这个后生的脸。他想从后生的脸上看出请罪的表情，这样他就可以悄然离开了。

但是他从后生的脸上，什么也没有看出来。如同这个后生不是这个家族的一员，他对于这个家族的历史，竟然一无所知。这是一张童真无邪的脸，他用不着背上沉重的回忆过日子。这当然是这位老人所希望的，他最近主持砌窑的工程，也正是为了这个。

只是他还不能走开，他知道他一走开，这个后生就会接着吹奏下去，而对这位老人摇摇欲坠的生命来说，一阵喇叭声将是一个沉重的打击。可是，他怎样才可以不叫这个后生吹奏呢？因此他就不得不把封闭在内心深处的全部历史讲出来吗？而且还得当着一个外路人的面讲出来吗？不，这是万万不可能的。这样，他的美好的幻想，就会吹得一干二净了。

这是多么严重的一个时刻，他不能有所选择。理智已经变得无能为力，而感情的发作又会更加荒唐。

这时，这位年轻的后生，带着恭顺的表情，蹑手蹑脚地把那盏油灯，送到老人跟前。但是老人没有装上他的烟袋，他像来时那样，悄然地离开了这个窑洞。

老人顺原路走回来，又经过了长孙的窑洞，窑洞里灯烛明亮。他知道石匠师傅已经吃过了晚饭，正同他的长男谈天。只怨刚才那阵喇叭声，打乱了一切，刚才老人打算招待一下石匠师傅的愿望消失了。正像一个受了打击的人，急欲找一个逃避的地方，他一个人走回了自己的窑洞。

窑洞里，烘着谷米的热炕，散发出一股香气。那只黑猫也在用呲呲的声音欢迎他。他没有掌灯，摸索着在炕上躺下。他一点也不想睡去，他的手还不住地探索他的拐杖，仿佛他随时都要走出去。这是一个不好的征兆。

一生中，他不知想过多少次自己的生活，如同一只海船浮于海上，周围是惊涛骇浪，太阳从乌云中射下，可怖的景象毕露。今天同样是那只漂泊的海船，天空没有风，也没有雷声，灰蒙蒙的十分平静；然而却更加可怕。他的少年壮年无可赘述，中年以后，他曾流浪外乡，以为如此即可忘掉一切；但是每天夜晚，可怕的梦魇追逐着他，同样地受着磨难。当他知道即使走到天涯海角也得不到安静的时候，他又回到了故乡。那时他已是暮年了。他想到了父亲的死，也等待着自己的死。他的父亲一生都在劳作，明明白白的，唯有在劳动中才可以忘掉一切。八十四岁那年，他的父亲扛着一袋麦子走上石仓，忽然从跳板上跌下来，当场就死了。他最后所希望的，就是这种平静的死。这位老人想："时代变了，子孙幸福了，我不是比我的老人更有资格安安静静地死去吗？"

可是，结果并不如此。子孙的幸福生活，和他个人的苦重的回忆对比起来，如同水涨船高似的，也有增无减。他主张砌那个石窑，主要的还是为了安慰自己。因为事实上，那个暗窑仍然存在，而暗窑的存在，对他的子孙的生活已无多大影响了。真是祸不单行，就在同一天，好像那座暗窑里吹鼓家什复活了似的，一阵喇叭声掠空而过，在他听来好比晴天霹雳一样。

老人想起他在那个窑洞里，什么话也没有说。事实上，他的愤怒和震惊，是不能也不便于用语言表达出来的。可是这个无言的谴责，又会有什么效果呢？他又想起长孙媳妇窑洞里的谈话声，和全村沉入暮色苍茫中的安静生活，看来，他们对于这阵喇叭声是无所谓的，对于修砌石窑也不十分需要，因之，这位老人的存在也就变成多余的了。他在心里悲伤地说道："那么，我除了一身疑虑以外，什么也不剩了。可是这种疑虑，又这样难于破除。我只好死去了。只是让我赶快死去吧。"

一夜过去了。夜是这样漫长，难熬。这位老人急切地盼望着天明，他又衷心希望着不要再听到第二次喇叭声。

茫茫的山野，刚开始闪亮，昨夜的喇叭声，又响起来了。

它像一只黎明的鸟儿在鸣叫。这一次的震动，比第一次还厉害。老人的两眼一阵发黑，什么也看不见了。另一方面，他并没有立刻爬起来，一阵轻微的沉醉传遍了他的全身。他在内心里对这位吹奏者的高度技艺，仍然免不了要加以赞美。他相信这个外路人，比自己还吹得好些。终于，他又清醒过来。他伸出他的手，摸着了他的拐杖。他环顾着，有些站立不稳，因此差一点踩着了那只黑猫。

这时，连他自己也不知想着什么，或是要到哪里去。他爬过一个山坡，一片梯田在他面前展开。他意识到他的一生多么热爱自己的土地呀！看来他的子孙并没有疏懒，连沟沟畔畔都耕耘起来。冬季的劳作进行得也不坏，可以看出沾粪的痕迹。一只野兔从坟地里钻出来，一眨眼就向土崖下面跑去了。他不以为自己的轻柔的动作会惊动了兔子，倒是这只兔子惊动了自己，使他的衰老的心脏跳了起来。

当他看出眼前的坟地就是那座"女儿坟"的时候，他才意识到他是服从于一个早已想过的目的，走来向自己的祖坟诀别的。他默默地低下头。从后面望去，他的宽背拱起，一道白发在他的脖领上镶了白边，他的头又是那样不住地抖动。

朝阳已经升起来了。在他的周围，去年的草梗在窃窃私语。他默默地顺着坟墓的边缘，避开丛生的桑条，走了一圈又一圈。在这个坟场里，既没有松柏，也没有碑碣。最近这些年来，只有他一个人在黑夜里偷着前来膜拜。看来，他的子孙们对这座古坟的印象，所存无几了。等他死后，这座坟地就会变成无人承认的荒坟了。

由于他这样责备了他的后生，于是他的膜拜就更显得重要了。他虔诚地匍匐下去，两手铺在沙土上，他的衰老的额头又俯在两手上。这时，在他心里感到他同自己的祖先亲密地接近了，他很想投入祖先的怀抱中去。他这时感到死对于他那么甜蜜，于是从他的眼睛里洒出了一阵热泪。

这时，刮起一阵阴风，太阳隐去了。他恍惚看见一个个棺材升了起来，由棺材里伸出了一个个女人的头颅。她们的头发，像一匹匹瀑布一样流过两肩垂了下来。她们的眼睛发出绿光，一个个用手臂指着前方，同时对他说道："你还等待什么？这里剩下一小块空地，它足够你躺下休息啦！"老人紧紧地伏在地下，他心里跟着祷念着："是啦！这是祖先的意旨，我安息的时间到啦！"

他再抬起头来，太阳仍然照在天空上，一切幻觉都消失了。死的召唤，既已来到，也无可动摇，这时他便万念俱熄，只有尽快地走回自己的窑洞，等候着死的降临。

但是灿烂的阳光和他作对似的，临空照耀着那些窑洞。他一转身，就看见了他们世世代代居住的地方。这些年来，他的子孙在新社会里富裕起来了。过去万恶的社会制度，一去不复返了。为了这个，他值得再活一百年的。不，他年老了，他这个"女儿坟"最后一代，应该死去了。

佛光殿的黄琉璃瓦，像一片火海。这座庙宇，也许就是那位用钱买了顶戴的巩其生修筑的。过去没有人修补，他亲眼看到庙门的红柱子，像松树皮一般一年一年地脱落下来。只是前几年才又重修了一次。看来在旧社会，庙宇也不能保护他们；到了新社会，他们不仅得到了人的权利，而且也得到了保护庙宇的权利。

这位老人高一步低一步地走着。越走近自己的窑洞，他的思想越加活跃起来。他想起了他的祖先巩其生，和从绥德到米脂官道上被他粉碎的那些诛碑。他又想起了那个后生，和那胆怯的但充满了天真愿望的喇叭声。这两个中间极不相似，但又非常接近。至于自己，既不及前者，又不如后者，只能在暗窑外面，再砌一座石窑。他不是更有资格做第二个巩其生吗？为什么不能刨开那座暗窑，把过去那些吹鼓家什一起用火毁掉呢？

这是一个雄心勃勃的计划，他觉得，除了他没有一个人配去执行它。但是，他是多么衰老，一走进自己的窑洞，就躺在炕上起不来了。

他的外甥女，一个四十几岁的孤女，走进来发现老人病了。这个消息，立刻传遍了全村。他的家族，老老小小的成员，全在庭院里集齐了。

他的长男，也是个蓄着胡髭的老年人了，这时走近老人面前，问他有什么吩咐。老人浑身发着高烧，满嘴说着胡话。想要听出什么是老人的遗嘱，什么又是呓语，已经很不容易了。

长男又走进天井里，家族纷纷向他探问老人的安危。长男避开不答，反而问起这两天老人的行状来。关于这个，没有一个人能够回答出来。最后长男问："所有的人都来了吗？"有人说都来了。是呀！不是连石匠师傅听说老人有病，也停了工坐在石凳上吗？可是有人又说："好像石柱未到。"长男问："他在哪里？他怎么不来？"不一会儿，石柱也来了。他就是昨天吹喇叭的那个后生。他还是昨天那个样子，颊边两朵红晕一直没有退去，仿佛他一直处在幸福的沉醉里面，什么也不理会。当问到这个年轻后生，老人到过什么地方的时候，他张口结舌地回答道："昨天，老爷子到过那间背窑。"接着又问："你在干什么来？"他回答说："我在……"长男听了回答，捧住头，顺着墙根蹲了下去。院子里，除了长男，大家都像那个年轻后生一样，不明白喇叭声和老人的病有什么关系。

天井里一切操作都停止了。一个小女子在打扫磨道，今天牧羊娃娃似乎也回来得早些。一群绵羊，沿着山沟走来。牧羊娃在半山中跳着，用土块投掷那只领头的羊进圈。后来牧羊娃走进了大门，可以看出他的短皮袄凸了起来。为了这只在山坡上刚生下来的羔羊，他的眼睛闪着喜悦的光辉，同时他像往常一样，期待着一阵妇女的惊呼声。但是，眼前的景象把他吓住了。他默默地把羊群赶进羊圈，一个人默默地把那只羔羊送进了隔壁的暖窑里。

长男不时地走进走出。从他的面孔上，只能看出越来越不吉利的消息。这回，他召集了几个同辈人，一起走进下窑，似乎在商谈着老人的善后事宜。

暮色降临了。只有老人的窑洞里点起了一盏油灯。他们看见老孤女的影子不住地在窗纸上闪动，他们更加不安起来。

老人从高烧中，慢慢恢复了自己的神志，但是并没有完全清醒。零碎的回忆片段，从他的脑子里闪过：一次暴发的山洪，一只蒙古狗，他保存多年的一个翠石烟嘴……这一些都是无关紧要的，连他自己也想不起来他刚才做了什么，只是记得："回家去吧！回家去吧！"他的外甥女俯下头来，老人刚好睁开了眼睛，嘴唇也跟着动了一下，于是她急忙跑出去了。

长男急急忙忙走了进来。可是老人又闭上了他的眼睛，任凭长男轻声地呼唤，他又昏过去了。待了一阵，仍然没有什么动静。却在长男又要离开时，一股黏痰涌上了老人的喉头，长男听见了一阵厉害的呼噜声，又停了下来。

老人认出了他的长男之后，他的最后的一宗心愿又在心中复活了。他很想对他的长男说："我的时候到啦！我……已经是个无用的人啦！你们……好好地活下去吧！如今我能够做的，就是……把那些，那些……藏在暗窖里的那些……统统拿出来烧掉了吧！藏在暗窖里，一点用也没有，就像我叫你们砌的那个石窟一样，什么用处也没有……"老人把他的手在空中动了一下，结果他什么也没有说出来。他的眼睛哀怜地望着他的长男，好像他的长男什么都了解了。

长男知道老人说话已经十分困难，现在，唯一可行的办法，就是用问话来探索他的心灵了。于是长男问道："爸爸！你想叫他们进来看看你吗？"老人呆了半天，把一只手慢慢地放在长男的手上。他仍然没有说话，长男以为猜对了老人的心意。因为他不敢移动自己的手，便暗示外甥女传话出去，叫他们按着辈分一个个走进来。

这是一个长长的行列。在薄暗的灯光里，可以看出他们个个穿着短袄，个个系着头巾。他们粗糙的面孔上，纯朴而又带着悲哀的表情，也几乎是一样的。只是按着辈分排下来，一个比一个年轻，那些年纪大些的，听到了老人的沉重的喘息声，低着头，挥着眼泪；后来在这些年轻的面孔上，可是惊恐多于悲哀了。在他们看来，死亡是这样不可理解，又像是永远与自己无关似的。因之，他们对于老人的死，惊恐之外，又显出了好奇的心理。

老人听见了长长的行列，从他身旁走过。几乎是每个人都想望望老人的脸，因之，老人也看见了他们。这些容光焕发的后生，引起了他的骄傲。他欣喜地想："毛泽东给了他们幸福。如果躺在坟墓的那些祖先，能够看到这个行列，多么好哇！"他想对每个人说句话；然而他什么也没有说出来。排在后面的那些后生，在他眼里模糊起来了。因为他记不清这些面孔，而且他也昏然无力了。

但是最后那个后生是谁呢？他的面孔为什么又这么熟悉呢？老人突然想起这就是他昨天晚上看见的那个，就是这个后生，在这个村庄里第一次吹起了喇叭声。这时，长男感到自己手背上老人的手，急遽地缩了回去，并且在被子上轻轻地摇着。长男看见老人痛苦地皱起眉头，他赶紧俯下身去，企图从老人的嘴里或是眼色里，看看还有什么吩咐；但是老人已经闭上了眼睛，只是他上唇的胡髭还有些抖动，那是老人最后的轻微的呼吸。不久，老人的呼吸慢慢平静下去，他的眉头也慢慢舒展开了。

这位老人安静地瞑目的时刻，就要到来了。这时，长男才感到了一阵最大的悲痛，伏在老人的身旁，放开悲声痛哭起来。

由于长男的哭泣，天井里也掀起了一片哀恸的哭丧声。这一切都表示庄严的葬仪就要开始了。

过了一会儿，长男的哭声骤然停止了。这是因为老人又睁开了眼睛，他示意长男扶他坐起来。老人抬起他的衰弱无力的手，指着窗外……长男不明白他的意思，问道："什么？让他们再进来吗？"老人似乎变得更加清醒了，他摇了摇头。长男又问道："让他们都走吗？你要好生地静养一下吗？"老人又摇了摇头。长男又猜测着问："你想要那座石窟，赶快砌起来吗？"老人这时突然说道："不要，什么也不要！"老人无力地躺在枕头上，又重复着说："什么也不要，不要石窟，也不要刨出来……"长男跟着问："你说什么，爸爸？不要刨出什么？"老人没有回答，却又上气不接下气地说："我知道我要……死啦！死了就清静啦！你们向前走去吧！……走去吧！只是我挡住了你们的路。我……是什么呢？是一座活的石碑，我是你们的活的石碑，只是我……记得一切，让我死吧！像我们的祖先巩其生那样，你们把我这座活的石碑……也铲掉吧！……"

不用说，长男好久不能明白老人说的什么。他只能凭着亲骨肉的孝心，希望这位老人不要死去。他说："爸爸！我们都很好，你也很结实，你不要离开我们吧！"

老人已经剩下最后一点气力，用几乎听不见的低声说道："不，我得赶快去啦！我要去……我只剩下一个最后……最后的心愿……"长男忙着问道："什么，爸爸，你说吧！"老人待了半天，才有气无力地说："就是……那个，那个背窑……哎哎……"长男看见老人的呼吸越来越急促，他焦急地等待着，想要知道老人最后的愿望到底是什么。"……我说的那个背窑……你听见了喇叭声吗?"长男说:"听见啦! 爹爹!"老人这才一个字一个字地说:"就是背窑那个后生,我要……叫他吹起来吧! ……喇叭……因为我要死去了,我要他吹起喇叭……喇叭……喇叭……"

乍看起来,这也许是不能理解的。他的长男总是这位老人最亲近的人了。他深知老人的痛苦,在他自己的身上也有一些模糊的回忆。所不同的,他从来不向后看,如同他要和这位老人背道而驰似的,他只是同情老人,更多的却是面向未来,引导着年轻的一代走向幸福的生活。他从内心深处,理解到这位老人砌石窑的思想,也理解到他的死和喇叭声有关。最后,这位老人要求在自己的葬礼中,希望有哀乐伴奏,虽然使他有些惊奇;然而一瞬间,他似乎更深地了解了这位老人的全部感情,因此,他更加钟情地挚爱着他的父亲——这位"女儿坟"最后一代的老人了。

那个年轻的后生回去了。不久,从背窑里传来了一阵阵喇叭声。这时,老人最后一次睁开了他的眼睛,接着又轻轻地合上。在他睁开眼睛的同时出现的一抹微笑,没有来得及退去,因此永远遗留在这位老人的脸上。他完成了他的一生,正像他所希望的那样,如此安静地与世长辞了。

他的长男,首先想到的是给这位老人,尽他们今天幸福生活中所有的能力,安排一个庄严、难忘的葬仪,于是他又重跪在老人身旁,悲恸地哭了起来。

1943年

纺车又响了

一

张步云小时候，有一天跟着舅舅去赶集，看了一些新鲜事。

他们村子离镇子十里路，舅舅在镇子上开了一个饭铺子。舅舅好吃懒做，但有一个"好"名声。他爱吃吃喝喝，又爱请客，见了人一律这样说："你这狗日的，这多天不见啦！上来，上来！"

若是遇见昨天刚分手的，就说："昨儿见了，今天又遇见你这狗日的啦！"

每次他都大方地请人家吃喝。一边吃一边说："酒是无价之宝。"或是："吃吃喝喝一辈子，强似给婆姨娃娃当牛马！"再不然就永远这样介绍自己说："我这人好痛快，我痛快了一辈子。"

张步云这一天，虽然吃的不是山珍海味，可也汤汤水水填了一肚子。凡人见了张步云，都说这是何拐子的外甥。何拐子也爱把他举在头上，对众人夸口说："看我这外甥，提起我的姐姐来……"

张步云回来，满肚子兴头，可是妈妈说："孩子，集上不是咱们去的，你那舅舅也活不成人。"张步云正要问下去，见妈妈背着他抹眼泪，也就不敢问了。

张步云又像从前那样下地劳动，朝朝暮暮打土疙瘩，再没有到集上去过。他十五岁那年，父亲死了。祖母留下九垧养老地，兄弟三人分开，每人三垧。从此他跟着大哥受苦，十九岁那年他大哥给他娶了婆姨，就分了出来。又过了几年，他大哥害了羊毛疔，也离开了人世。

二

张步云婆姨的娘家是黑家圪。黑家圪同他们这个村，地头挨着地头。从前他们都相信神灵是保护自己的，为了保护自己，他们抬着本村的大王老爷，踏了黑家圪的黑龙轿楼子，从此两个村子有了仇恨；可是他们两家仍然做了亲。婆姨过门之后，给他生了一个娃娃，又生了第二个娃娃，又因为她比他懂得过日月的道理，能代替他同邻居亲戚礼尚往还，从此，她便拿出"家有千口主事一人"的架子。事实上，也是自从她进门以后，他们的生活才有了条理，才有了奔头。

至于张步云，他天不明起床，娃娃还没醒来；天黑了回来，娃娃又睡着了，正像众人说的，是个"三年不见子面"的好庄稼人。家里的事，比如，做多少酱，淋多少醋，一年里推多少麦子，待多少客，他一概不管；至于拖弟和狗娃多咱过生日，他也不记，自有他的婆姨去办。可是也自从他们有了娃娃之后，他们之间，就再不能保持从前的关系了。

拖弟七岁上，狗娃才五岁。那一年狗娃死了，拖弟也死了。这一打击，几乎要了她的命，从此她就不那么称心如意了。那时跟前还有一个最小的女子叫金叶，过了两年又生了一个占儿，她这才一双眼睛有了笑容，整天瞅瞅金叶，又瞅瞅占儿。她想叫金叶快大些，大了就可以帮着带占儿，再过几年占儿就可以像死去的狗娃和拖弟一样大了。偶尔他俩有些小病小灾痛，她就埋天怨地数落起来，若再重一点，就眼泪汪起，永远流不完。那时张步云就不能按时上山，只好待在家里。

"看黄表还有啦没有？"他的婆姨这么吩咐他。他翻了门箱、竖柜，甚至在女工桌里也翻搅了半天，可是一张也没有。因为边区的香纸上税，过年买了点全烧了。张步云心中早已着了慌，这么含糊着问："你放在哪里来咧？"

"我放在哪里来咧？你说我放在哪里来咧？你不想想你买的多少，叫你多买些，永不多买些！"

"我记得还有来咧！"他在肚子里又说，"买了来你嫌贵，还嫌边区政府为什么香纸要上税！"

"你净说还有来咧，还有来咧！"他婆姨越说越气，"你这脑袋，哪个娃娃不病不灾，还有连个香纸不预备的？"

张步云没有说辞，胡乱应着："多咱也有个凑手不及，谁知道……"

"你总有个说辞，你还站在那里干啥？看谁家有，先借上点。"

张步云一口气跑出来，心里责备自己，早就不该装模作样，知道没有就该借上一点。心里一拐弯又埋怨起婆姨来："婆姨们一两顿饭不吃不要紧，娃娃病了没香纸可弄不成！"

从此，这样的事不断发生。

三

有一天晚上，行政主任叫张步云开会去，说区上派下人来有事商量。区上的人谈着谈着，就谈起种庄稼事来，说怎样上粪啦，怎样组织变工啦。说了半天，也有人插嘴说上一两句的，也有人接着区上的人说上一大套的。后来区上人问大家："你们村上谁种庄稼种得最好？"张步云望着众人，众人望着张步云，大家静了一阵子，有人这样说："论起种庄稼来，张步云就算数一数二啦！"

接着讲起张步云种庄稼的好处，一条又一条，条条都够上劳动英雄。张步云一辈子没听过这许多好话，过了半夜，他想谦虚一下的时候，已散了会。区上人找着他，一同走出来，同他拉话，问他的历史，并问他对于领导生产的意见，又问长又问短，这时他又觉得没有什么好说的了。后来又问他对谁有什么意见，他咿呀了半天，心想对谁呢？对谁也没有，唯有为了香纸的事，才说起他的婆姨来。

"唉，男人永出不了女人的勾！就是娃娃病了没香没纸，骂得受不了。"

区上人拍着他的肩膀，笑了笑就走开了。他走回来，因为他对区上人说了他婆姨的坏话，怕她知道，连要当劳动英雄的事也没敢提。过了两天通知他开会，会上正式选成了他是劳动英雄。又过了两天，行政主任来告诉他婆姨，这次劳动英雄要到区上去开会了。张步云回来的时候，婆姨迎头问他："你敢不是受了人家的愚弄？"

"什么愚弄？"他不知底细地反问。

"没受人家愚弄，怎么当上劳动英雄啦？"

张步云眉脸红粗粗地答不上来，他婆姨在旁边叨唠叨唠地说个没完。

"你这脑袋！"婆姨说，"什么劳动英雄不劳动英雄，谁愿意干谁干去，你误得起这份工来吗？"

"这又误什么工？"

"你看哪！明天就叫你到区上开会，看你误得起工？"张步云听见这么说，觉得事前没同婆姨说，亏了理。待了一会儿婆姨命令说："明天不要去，谁误得起工叫谁去！"

但是明天，张步云嘴说到地里，转个弯跑去开会了。他心里想，人家区上人叫咱劳动英雄去开会，咱哪能不去。晚上回来的时候，一进村子，娃娃们就跟在后面嚷起来。因为他戴上了一朵劳动英雄的大红花，手里拿着大会的奖品：一把新锄。他不要笑也闭不上嘴。他一边走着，行政主任一边对众人说："看我们劳动英雄，戴着红花多美气！"

张步云走回家，他婆姨正在石床上抱着占儿。行政主任跟着笑嘻嘻地对她说："看我们劳动英雄，戴着红花多美气！"

他婆姨把头扭在一边，不言语。劳动英雄喜欢得把红花给金叶戴上，金叶也跟着笑嘻嘻的。他又逗引了一气占儿，占儿也笑了。他婆姨的嘴皮才抿不住了，忍不住地笑了一丝儿。

四

张步云当了劳动英雄之后开朗多了，不由得他就替公家做起事来。他对婆姨也劝说了一气，叫她好好纺线线。一提起这事，婆姨就说："前二年她们没纺上我就纺上啦，现在我可是就是不纺，哼……"那意思说：你当了劳动英雄我还没发气呢！我的事不用你管。

张步云从前也同意她好好养活娃娃，不用纺线的；可是现在，他当了劳动英雄之后，他的婆姨不劳动怎能成呢？他嘴里不说，心里却对她反对起来啦。

正在这几天，远房的侄儿长连媳妇托人来说要改嫁。她前三年守了寡，跟前没有娃娃。正好邻村有个姓孙的光棍汉，先前种了几垧地，以后闹了买卖，手头有几个钱，看上了这个寡妇。

在以前，寡妇改嫁是没有个人自由的。在嫁之前，按着老规矩要在宗族面前上几个礼钱，取个"合法"地位；不然婆家可以诬告她私奔，或是通奸的罪名。当说合人来到张家，张步云望着他婆姨的脸色，看她不反对，就这么对说合人说："现在世事开通啦！我应不应名不算个啥。说起来，他们跟我，还不如跟长发近些，那礼钱叫长发上去。这也是桩好事，双方能够成全在一起就对着哪！"

可是过了几天，张步云婆姨听说长发一上礼就是四百块钱，红了眼，她传话对长发说，若上也应该轮到他们上，因为他们到底是长连媳妇的长辈。长发不答应，说："我们搞妥了价，你来啦。当初你为什么不上呢？"

当天张步云回来，他婆姨就说："指着你，做不成个事，你看人家一上就是四百块！”

“当初你怎么不说话呢，你不是还对我说七十八十不值得。”

“现在你又怨我，你开口就说人家近些，怎么你又远些。既然远些，人家为什么又来问你呢？”

晚上，她把娃娃哄睡了，还要起来收拾一阵。但是今天她一直躺在炕上，灯也不点，张步云只得贴着她的脊梁睡下。第二天，他俩也没讲话，一早张步云就到地里去了。

他的婆姨把这事告到行政主任，行政主任不管。行政主任说：“你们自己评判去，说起来根本不应该上礼，婚姻自由嘛！”张步云婆姨不服气，临走她说：“我倒看不上这四百块钱，我说的是情理！”

五

张步云婆姨听说，乡长早上来了。乡长是她娘家的姑舅，她多时没请他吃过饭。这次她想，无论如何要请姑舅过来坐坐。一来她觉得男人当了劳动英雄，自己有了面子；二来，她想乡长一定能帮她为了长连媳妇的事，和长发争一口气。

她到了常家院子，先在常家坐了一阵。她听见隔窑里，乡长、村主任、参议员们正在开会。人们出出进进，算盘珠啪啦啪啦直响。

常家老太太坐在炕上逗着孙孙玩。媳妇子在锅灶底下烧水。外边母鸡下了蛋，咯咯叫着。揽工的在鸡窝里摸了一把说：“没咧！这是下下啦，还是没下下？”

“下下定准下下啦，今早我还揣来，怎么没啦？”媳妇子在锅灶底下说。

“又是谁掏了去！”常家老太太这么揣度着。

蹲在地下的老人家，这时慢腾腾地教训他们：“鸡窝里有个凫凫就好了。”

揽工的从外面走进来，手里拿了一条卷毡，递给老太太。因为炕上放着棉花，老太太叫他放在脚地下，问："干啦?"

"干啦!"揽工的顺手把毡竖在瓮跟前。

老太太这才转过头来对张步云婆姨说："这小娃一宿给我尿四五泡，你看!"

"我家那个也是一宿四五泡!"张步云婆姨答。

地下的老人家，这时又教训他们说："早就说有乱毡什么铺上，什么好毡经得住娃娃祸害?"

张步云婆姨又坐了一阵。她看见媳妇子满头汗珠子走出去，捧回来几升杂面。张步云婆姨问："给他们预备饭啦?"这是指的公家人。

"噢，给他们吃抿截!"

"我正来请乡长吃饭咧!"张步云婆姨顺势说，最后加上一句，"我和乡长还沾亲咧!"

在她没走过来的时候，行政主任同乡长谈过张步云婆姨。行政主任说："张步云生产没毛病，就是他那婆姨，不爱劳动，就是不纺线线。你问她今年纺多少斤线子，她就倒来一套，说什么她看开啦，人一辈子照看娃娃要紧啦，再问她到底纺多少斤线子，她就说她是老黑豆的儿了，不打账啦。"

张步云婆姨一推门走进行政主任的窑，溜在炕棱站着。她觉得大家望着她，脸上泛了红，朝着乡长问："姑舅早上过来的?"

"噢!"乡长应了一声，转向村主任问，"怎么劳动英雄没来?"

"他一早上山啦!"张步云婆姨应着，接着说，"我过来请姑舅晌午过来吃饭。"

"等等看，我可忙着呢!"

"姑舅一定过来!"她又叮咛着，"我可预备上啦!"

"噢! 顾上了就来!"乡长应付着。

张步云婆姨看见乡长又要同别人谈事就走出来。她说不定乡长是来呢，还是不来。但她心里已经受了委屈，她想一来是姑舅，二来她是劳动英雄老婆，乡长对她为什么这么没情呢?

六

乡长本不想到张步云家去，吃过了饭一想如能劝她纺上线线也好。乡长来的时候，张步云婆姨正吃饭，她忙着下来就去杓面。乡长说："我吃啦。"

听说乡长吃了，摸不准是真吃了还是假吃了。又推让一阵，乡长一定说吃啦，张步云婆姨才住了手。不过她心里总是觉得不过意。提起纺线来，张步云婆姨抓住头就说下去："姑舅你还不知道，咱们庄稼日月，收秋打夏都要忙一阵子。红豆七月就上来啦，黑豆十月才得完。那会儿他娘娘还在世，娘娘打豆子，安顿饭，狗娃那年三岁，回来要线疙瘩，"她说到这里，不由得心里悲伤起来，她的声音就变得慢下了，"我那死去的狗娃说妈叫我缠线，临出去还说妈给我个山蛮，他晚上才串回来。早晨，太阳红啦，还没起来。我说娃娃睡迷啦，等抱起，就这么灌了风，晌午死啦！"她停住了，她的眼睛仿佛看见狗娃怎么走出去，又怎么走回来。一会儿她又接着说："提起那个大的拖弟，也叫人伤心落泪，那天叫他去扶犁，在门口扛了两鞭竿，一鞭竿立立打下了两个牙，现在也死啦。唉，若不死，可也十七大八啦！"她重新提高了声音说，"先前，不凭这个辛苦，老人就装穿不上，人家全在外边风凉，我在家里做生活。娃娃哭两声，心想把生活做完吧，你看就这样那年两元钱的草帽，一年卖了六十元。你想想，现在想起娘娘同娃娃，唉，顶什么，世事就这么个。我看开啦，够一天吃就对啦。好好把这两个娃娃招呼住，比什么都强。现在我的心全放在娃娃身上，娃娃睡着，心里还琢磨怎么还睡，娃娃醒了，心里也想怎么这么早醒啦！一会儿娃娃这个，一会儿娃娃那个。我说今年只能纺上七八斤，这还是娘家的孝衫布。我盘算先把孝衫布纺下，自己穿不穿不要紧……"

她讲了这么一阵，临后乡长望着她的脸，神色正经地说："你这话入情入理。你这话只这么大的情理，这么大可不算大呀！俗语说得好：护大得大，护小得小嘛！"

"噢！"张步云婆姨低下头，满身火热一阵，然后凉下去了。她开始想了一遍刚才说的话，她自己想怎么我的话没理吗？现在她才知道，乡长不是从前的姑舅了，而是替公家办事的乡长了。她的话好像没理，情理都在乡长的话里。这时她觉出眉脸红一阵白一阵，越发不安起来。

"旺家那个候娃厚厚实实。"乡长待了半天又这么说。

她看出乡长不再谈方才的事，才放了心，说道："那个候娃，比我们占儿还小两个月呢！"她说了这话，想起候娃虽小两月却比占儿长得肥壮，就更不安起来。接着乡长又说起来："旺家去年纺了二十六斤线子，冬天她的汉用这个钱买了驴。今年她还订了要纺四十斤线子的计划。看看人家多能干吧！"最后乡长又加上了一句，"人家也是带着两个娃娃。"

在张步云婆姨听起来，这分明说的她，好像说："你也带着两个娃娃，不比人家招呼的好，也没纺下线线。"

张步云婆姨半天没有话说，乡长最后这么告诉她："人凭一口气，现在谁不能生产，谁就争不了一口气，光说照顾娃娃顾不上穿也不行。"乡长一边说一边站起来，"晚上你叫步云来一趟，我有话和他说。"

"噢！"她应着，心里知道乡长一定是谈长发的事。但她没敢说什么。乡长走后，她仍然坐在那里，反复想乡长说的那些话，她一句一句记在心里，划算着。其实乡长倒说得不多；但她老想不完。占儿睡着了，她一直坐到天黑。

晚上张步云回来，她又没好声好气了。张步云不知道为什么要吵嘴。婆姨摔筷子砸碗，数三道四，最后她说："看将来怎么丢人吧！"

"怎么？"

"你还问咧！你知道姑舅来过吗？我在他面前多不像人呀！为了

这事我再不憋着啦!"

"什么事?"

"长发的事。"她说完了叹了一口气。以后她把姑舅怎么没有过来吃饭,又怎么说她不开通,统统说了一遍。最后她自言自语:"乡长说来咧,人凭一口气,现在谁不能生产,谁就争不了一口气。"

"我早就说那份礼叫人家上去,纺上了线线,还不如那四百块钱?看咱们当了劳动英雄,还要丢人。"

"你不说说你当了劳动英雄,给我一些什么气受。这回我也当个劳动模范气气你。"她心里平稳了,嘴里还是不服气地抱怨她的男人。第二天,张步云到地里去之后,她从仓窑里拾掇出那架旧纺车,用手摇了摇车轮,还像以前那么嗡嗡地响着,她的心也跟着欢喜起来了。

七

过了半个月,这个村的纺织小组组织起来了。旺儿家一个小组,张步云婆姨一个小组。张步云婆姨本来是纺织能手,自从"打通了思想"以后,有意同旺儿家比赛,一吃过早饭,她就站在崄畔上,一家一家叫:"来娃娘,来咧!""仓儿娘,来咧!"

一阵子人就齐全了。纺车摆满了一炕,你比我,我比你,不知不觉越纺越快。有纺三个线陀的,有纺四个的,后来就五个六个。一块纺热闹起劲,都愿意来,女娃娃更喜欢来。张步云婆姨还教会了几个女娃娃,再说张步云婆姨年轻,嘴头子也巧,她和她们又说又笑,谁都觉得这个人顶能干事。她对这些娃娃的娘说:"你家娃可能行,一教就会,纺了两天就是二两线线,再过两天,准顶一个大人呢!"

娃娃被夸奖了,为娘的心里也喜欢,再加上娃娃也常回来讲:我今天纺了二两,我今天又纺了三两,大人不由得也来参加了。她们这个小组就像这样发展起来了。

到了八月十五那天，行政主任这回请张步云的婆姨到区上开会了。她心里想，现在我也是公家人，区上开会我哪能不去。晚上回来的时候，一进村子娃娃们就跟在后面嚷着。看她变成了纺织英雄，胸前戴着一朵红花。从前她男人得了一把新锄，这回她得了二斤棉花。她一想起胸前那朵大红花，是她姑舅从区长手里接过来替她别上的，她不要笑也闭不上嘴。行政主任对众人说："看我们纺织英雄，戴着红花多美气！"

走回家，村主任笑嘻嘻地又对张步云说："看我们纺织英雄，戴着红花多美气！"

张步云先喜开了。她也像今年春天似的，摘下那朵大红花给金叶戴上，金叶一跳二蹦地嚷着："看这又一朵大红花，比我爹的那朵更俊！"

这时她心里想："春天自己汉子做了劳动英雄，这会儿我也当了纺织英雄。"她抱起占儿，亲了一气不由得说："看你爹，看你爹……"那意思是说，"今年春天你爹当劳动英雄，我还阻挠来……"又像是说……她自己也弄不清了。

行政主任走了之后，张步云忽然对他婆姨意味深长地说："那……现在你是英雄，我也是英雄，咱们都跟着共产党、人民政府向前走吧！"

1944年

路

　　你要我这瞎子讲土地革命，我讲什么呢？我听见，看不见。我懂得了，又做不到。世上有"尖聋子"，你可听说有"尖瞎子"？眼瞎了，就是十成瞎，任什么也看不见的。我三岁上出天花，从那年起我的眼睛就瞎啦！

　　同我说话的这个人，是个瞎子，又是一个革命者，他说话的声音高大，他能知道身旁有谁在听他的话，如果突然走来一个反革命，他的声音就变低了。这是冬天，他穿着一件短羊皮大衣，里面的黑棉袄常常凸起，因为他有一个铃铛大眼睛的娃娃喜欢吃油饼，他常把油饼掖在前胸里带回去。土地革命那几年，不用说，他在油饼里也带过革命传单。简单说起来，他健康又消瘦，是一个高鼻梁和黧黑脸色的四十岁的人。他的神态，似乎集中了一切神经，像猫那样灵醒。他与其他瞎子所不同的，他常常是进攻的，他知道如何利用优点做武器，利用自己的缺点做隐蔽，向敌人进攻。

　　我眼瞎着，可比那些叛徒强万分。——他又接着说道。我做过的事，我永远记在心上。我不会像他们，刚被反革命拷打过，又投了反革命。我从民国十九年就闹革命，我用手摸过红军；可是没见过红军。我心想红军是啥样呢？为啥叫红军呢？众人常说把地面闹红吧！红是啥呢？为啥叫红呢？太阳我可看得见，晚上睡觉起来，眼前就是一片明晃晃的，在白天走路，眼前若有一道短墙，我就觉得有一团黑影挡在眼前，所以我爱太阳。众人也说太阳红彤彤的。大冷天，人要

119

烤火，靠近火就暖和了。我看不见火，可是我爱火。众人说火和太阳一样，都是红彤彤的，我心想红军就像太阳和火一样，人们靠近红军就像天上有太阳、身旁有火一样吧！我人瞎心不瞎，我干了革命，就为革命干到底。我老二为革命牺牲了，他教我怎样闹革命。我和"老王"（闹革命的代名）是在民国十九年认识的，我帮助他开辟工作。"老艾"（代名）后来接了关系，又一起闹了几年。白军八十六师走了以后，晋军又来围剿。那年平川里一起拉走了三十几个，全逼着自首；但是我没有自首，倒因为我和白军刘连长混在一起，我还帮助了刘志丹同志……说开了头，我就说下去吧！

"老王"同志在我这里住了两年。他是找我老二来的。老二在这道平川里是数一数二的，在革命里也有名声。他最初打进冯玉祥的部队里，漏了风声就跑啦，唉！后来我才知道民国十八年他被八十六师枪打了。老二走后，我就接着开店，十九年秋刘志丹同志派"老王"来找老二，他说他是贩货的。老二不在，我接关系。他原是山西人，对我说是从南路来的，刘志丹同志就在南路，南路是我们这里革命的根子。他住了两年，我们合伙开起店来。都是一路神神，一看就明白。

你若是看见"老王"，定准说那人做不了大事。他从来话不打人，一说话先笑起，声音粗粗沙沙的，据我想这是一个短胖臃肿的人，他走路没有声音，他到这里来，就像没有这个人一样，谁都不注意他。晚上，他在后窑同人接头，只要他轻轻呼唤一声，我就去了。他把我当作一个有眼睛的一样使用，吩咐我送这信送那信，而我从来不误事，也从来没有坏过事。我自己要干革命，为啥要坏自己的事呢？足足两年，我们的力量就建立起来了。有了小组，也有了支部。后来又同南路通上消息，南路也常常派人来，来人不是买药品，就是买子弹。我与"老王"开的这店，也就是一个革命供给站哪！

现在听人说，"老王"在前方。从他走后，我们就没有见面。从前，谁也不能告诉我，我们今世能不能再见一次面。现在有人说咱们抗战胜利，就能见面了。这话实在叫我喜欢，"老王"是个好人，天底下最好的人，只要将来有一天，我能再听一听他那粗粗沙沙的声音，我就心满意足啦。你知道，我对他比亲人还亲呢！

我和他住到二十一年。那年，有一个前村的人来过夜，依我不叫住，众人说："能住就叫住下，别处没睡处，人都惯熟，挤一下怕什么？"这狗日的原来是个探子，他一夜没睡，把我们的秘密全听去啦。第二天，他一五一十全告诉了反革命。那个反革命，也是前村人。那时他做教员，把我叫去，问我："你随红军啦！"

我说："没嘛！"

"你鳖子子，你不说？"反革命骂我。

"这真屈死人！"我一面说，一面装作打哈哈。

"你不对别人说，还能对我说，王连长早知道啦！"

"砍脑袋就砍，我没个说上的。我没随红军，我能说啥？"

"哼！"他威吓我，"你老二……"

"我老二，是老二，"我不承认，就认真起了火，"我没这事，叫我说谁？若虚说一套，就说你……"

反革命拍起桌子，他说有人听见我谈话，还想抵赖。我说："你听得明明白白，你说得来，我就承应起。"

反革命气得跑出去，我以为要吊打我；但他走回来，在窑里转了两趟，就叫我回来啦。

我回来，我三妈问起这事，我说："这能是谁？"三妈说："谁也没嘛！只有那个坏小子，昨晚睡了一夜。"这时，我才知道我们谈的话，一板一眼叫人听去了。我回到店里。告诉"老王"，"老王"问我要不要紧，我说要紧，怎么不要紧？连夜就打发"老王"走啦。

第二天，反革命又找我去，叫我说，我不说。反革命说："你不说，命也讨不下！"可是他又叫我回来了。我刚从反革命那里回来，"老王"又偷偷溜回来了。我问他："老王，你怎么还不走？""老王"嘻嘻地笑着，引我到个僻静处，对我交代说："这回我真站不住脚啦，外边风声大得很。你知道咱们革命还要闹下去。狗日的那些反革命砍了你的头、我的头，可砍不了革命的头，革命有一天会胜利的。"他用出汗的手，握着我一根手指头。就是这根左手中指，后来这就变成了我的暗号。凡是有人来找我，一摇这根手指头，我就知道是自己的人来啦。他临走嘱咐我："可不敢忘记，我把关系交代给'老艾'啦，老四……"我排行老四，所以他这么叫我。"我们有一天再见面的。"这时我才知道他真的要走了，我记起还给他买了两排盒子子弹，赶紧塞给他。

过了些日子，有人问我"老王"哪去啦。我这时，一面在心里许下大愿，保他平安，一面装着生气说："还提这个坏种，不提他我不生气，你看他来同我合伙开店。谁知他谋算我。他谋算我这个瞎子，叫他不得好死！"

"到底怎么回事，老四？"如果再这样追问，我就跺起脚来说："他说他能到山西买货，我说我有十两洋烟你也捎上。这十两洋烟是我一辈子辛辛苦苦赚下来的。我是个瞎子，一辈子攒下来的东西，真叫不容易。谁知他过了黄河，一去不回来啦！这坏种骗了我这没眼睛的瞎子……"

事情就这样过去了，可是这一年里，白军天天来查店。他们不敲大门，不管早和晚从来不走大门，从墙上翻过来。几把手枪，几把手电灯一齐伸过来，问我："住多少客人？""客人叫什么？""哪里来的？"甚至还问谁挨着谁睡。一答不对，就把我打一顿，客人也拉了去。可是我，反正是瞎子，看不见枪，心里也不慌，天天没事，只谋虑这一件事，叫它答得对对的。整整这么一年，麻烦了我一年。

后来，刘志丹同志领着红军攻打慕家塬，上边来任务叫我调查黄河那岸柳林有多少敌人，本地有多少敌人。我过黄河走了一趟，回来报告说："在军渡山头上，只有一个空布棚。"另一个支部也派人过河探听消息，那人回来说："柳林有队伍！""老艾"笑着对我说："国民党唱空城计吗？"断不定哪个话对。最后"老艾"对我说："你当面不得见，怎能听你的话。这不比买子弹，可以用手指数出一百或二百。"

"我当面不得见，我会问人哪！"我说，"我问了说没有队伍，再说我看不见，我会站在汽车道上听啊！听听有没有队伍开来。说起布棚，当然是个空布棚，不信可以叫那个小拜世来问，我派他上山砍柴亲眼看见的。"

"老艾"还是信了我的话。至于本地驻多少队伍，我早就调查得一清二楚了。

那时晋军骑兵刘连长住在我的窑里，虽然我是瞎子，正像老百姓说的，不长眼的家雀天抬举，我并不是束手无策。这事情讲起来，你会慢慢明白的。刘连长山西人，他和我说：他三十二岁，家有老母和妻子。他像小牛一样喘气，说话像咬着一根舌头，我断定这是一个结实的有脾气的人。不到一天，他就发了两次脾气，我猜对啦！一次为了吃面，马弁放多了盐。他把面碗摔在地上，马弁又盛起第二碗，他说这碗又太淡，又摔在地上。第三碗，马弁把盐放在他面前，叫他自己放，他更气了。另一次是为了马弁脱皮靴搬了他的脚指头，简单说，他的脾气太大啦。这人还有一个怪脾气，他见不得眼泪，有谁在他面前哭鼻子，他跳起来，像有人揪了他的胡子，直到把那人吓得不敢哭了才完事。那时，我们这里有一个女人。她在我们村里，是出了名的女人，连着死了三个丈夫，刘连长来时，她正在守寡。我们这里死人出殡要打碎一个砂锅，好像她爱打砂锅似的，所以给她起了个外号叫"砂锅"。这女人长了一双吊眉，嘴大如盆，腰杆子极粗，一石米的瓮都装不下她，可是刘连长喜欢上了她。刘连长逼着我给他拾掇出后窑来，又逼着我挂上门帘，然后，他就把"砂锅"像抓小鸡抓了来。起初她哭哭啼啼，刘连长是不准哭的，她越哭打得越凶。后来，她不得不屈服，自己想，以前三个丈夫，没有哭也都死啦，这一个也就算他是我的丈夫吧，为的好叫他快些死。从此她就不哭了，那刘连长也就整天钻在后窑里，所以他那么大的脾气，看去也像是没脾气的了。

在刘连长眼里，我这瞎子是个无用的人，但为了我会"侍候"他，他对我也不错。有时，那女人走出来遇见我，悄悄对我说："我恨死啦，怎样办才好？"不用说，她的心倾向了革命，这时我的工作就容易进行了。我底下有三个交通，我把刘连长自己供给我的情报，他出差的时间、人数、方向，叫交通送给"老艾"，"老艾"再送给刘志丹同志。

有一天，刘连长起得特别早。起来之后，他们俩还在炕上抱着。他们向来用不着回避我，因为我什么也不看见。刘连长忽然问我："红军来啦，怎么办？"

"红军来啦，就打呗！"

"你眼瞎着，怎么打？"

"我不能打，你替我打！"

刘连长大笑，他又问那女人："我要打死，怎么办？"

"打死了，我替你敲一个砂锅！"

刘连长更笑得厉害，他胳肢那女人，那女人也笑起，刘连长骂着说："你这狗婆姨，我是你的野汉子，生死簿上可管不着我！"

"你这野猫东西，"那女人对骂，"只会偷婆姨，还能打红军？"

"明天出差你看看，"刘连长一本正经地说，"刘志丹上来一万人，这回准叫他卖脑！"

我得到他出差的消息，连夜就送给刘志丹同志。第二天，刘连长果真出发。那女人因为我的鼓励，做得更出色了。她和刘连长抹眼泪。他骂起来："臭货，我还没死你哭啥？"他骑上马走了。

隔了四天，他们回来啦，我只听见马弁的声音，可听不见刘连长的声音。我问："胜啦！"

"没！"刘连长自己同我说。

"那么败啦？"我知道咱们游击战厉害，故意又问。

"也没！"

"不胜不败，那是怎的？"我说。刘连长骂起马弁来，我知道不好再问下去了。

那几天，"肃反会"在平川里拉人，我叔兄弟跑来用胳膊戳了我一下说："你还没事？"我说："怎么？"他说："统统拉在里头啦，你还不跑？"我也想跑，知道眼睛不济事，跑不掉，心想索性不跑，去通知别的同志。正盘算间，他们把我抓了去，一口咬定，向我要姓王的。在我以前，拉了三十几个，有一半自首啦，我想我哄不过去。

"有这么个姓王的，"我说了这话，他们都很惊奇，窑里没有声音，我还听得见我的心跳，但是我又说，"我要抓这个姓王的还抓不住呢！"

"怎么？"

"怎么？这姓王的骗了我这瞎子，"我就一枝一叶地说起来，"这狗日的来和我合伙开店，他又要做生意。他说他到山西能贩货，我把几十两洋烟叫他捎上。这狗日的欺负我是个瞎子，小卒一去不回还，害得我这几年受饥荒！"

"鸭子说死还是扁嘴，你快给我供出来吧！"

"我明白啦，你们能抓住姓王的可好啦！"我不听他的话，仍旧说我的，"我那几十两洋烟，是我一辈子的辛苦，庄稼人是一把汗一把汗从土坷拉里挣的，我比庄稼人还命苦哇！"

他们把刀子放在我脖子上，问我："你明白这是啥？"

"明白，"我说，"这是杀人的。"我又说了姓王的怎么骗了我，若抓到姓王的，我和他拼命。当夜把我吊起，上半夜淌汗，下半夜就口渴，我央求那站岗的，我说："打上我犯了法，也是犯了国法，出门人那里也是交朋友。"他才给我一瓢水，我一口喝下去。半夜有人拿蜡头在我脸上一触，这人看不清我是瞎子，看我闭着眼睛夸奖我："好样，吊起还睡觉呢！"

他们出来调查，众人异口同音说是姓王的骗了我，因为我老早就布置下了。他们调查属实，押了二十几天，把我放回来。

骑兵刘连长仍然住在我这里，刘连长一见我面，在我瞎眼窝上用指头戳了一下说："我的眼比你的眼还瞎！"

我说："我这瞎子，可能治别人的瞎眼……"

"我倒没把你看出是红军！"他笑了一声，又戳了我一下。

我向他申辩起来，他又问："那么为啥押你？"

"他押我，由他，现在还不是放了我。"于是我又从头至尾说了一遍，姓王的怎么骗了我。刘连长是个国民党的军官，他自己抢别人的钱，可是，他对抢钱的人可非常愤恨。再加上我叫那个女人在他面前又述说了一遍我的话，他就信啦。

过了一天，他又对我说："明天我又要打刘志丹去啦，刘志丹又来啦！"于是我把这消息马上送出去。这消息也会带给刘志丹同志的：我这瞎子又活啦，叫他好放心。

这次，刘志丹可没便宜刘连长，刘连长吃了败仗，自己也没有回来。那个马弁告诉我，他在马上掉了枪，拾枪的时候，被打死啦！

那天晚上，队伍回来，外面下大雨，沉雷响个没停。他们的马没处拴，就把我的柜台、米瓮抬出去，把马拴在我的窑里。我在马屁股上撞来撞去，大声抱怨说："红军打你们，可是我打你们来？"

他们抓住我，没头没脸地打我，他们一边打一边说："你不知道刘连长打死啦！"

"刘连长是红军打死的，是我打死的？"我的话更硬起来。他们对我没办法，说我这个瞎家伙，倒是个死牛筋。

晋军走了，可怜的那女人也跟着解放了。现在她死啦！她死的时候，我去到她的坟上烧了点纸，咳……

1944 年

麦地的梦

一

在前三天的正午，有一群雁在高空盘旋，过了晌午就落下一阵大雨来。昨天和今天同前天一样，在同一时间，雷电交加，落下一阵大雨，就晴开了。

至于今天上午，太阳更加蒸晒，在一条灰色大道上，蚂蚱正在忙着交配，它们鼓着翅膀忘情地飞扑，那些已经变成对对双双的，带着性爱的骄傲，大模大样地爬着，丝毫不避行人。这时一个中年人来到这条路上，他的面容消瘦，已显得衰老。他一面走一面脚踢着这些交配的蚂蚱，自语地说："他娘！这些鬼东西，太阳一晒又是一楂楂！"他又想天底下为什么生出这些无用的东西呢？

"爸！"八岁的交齐并不理会他爸想的什么，在他身后问："今儿还要下吗？"

"雷雨三后响嘛！"他爸抬起一双游移的眼睛，望一下灰雾雾的大脚肯定地答。

交齐走了两步又问："为啥是三后响？"

"这是老人传下的话。"他爸这时慈和地笑着，"前天、昨天下了雨，今儿才要下呢！"

两个人又默默地走起来，他爸扛着一把锄头，准备到地里压瓜，

127

交齐就挽着一只大筐，跟着到无定河畔上捞柴去。到了地畔上，爸爸蹲在瓜地里，用土埋着长长的西瓜茎蔓，就像给娃娃穿上衣裳一样。交齐坐下看了一会儿，又望着河畔的人群，以及对岸山头上的翠蓝的天。在那岸山头上，几天前熟透了的麦地，已经收割完毕，堆起来像一个个小纽扣似的。他想起了昨夜的梦，那是平常的梦，是一个美丽的醒来悲哀的梦。他那时走进一块麦地里，爸向他招手，他爸望着那些麦捆说："咱们背着走吧！"他心里充满了喜悦，他想他母亲也一定会喜悦的，因为他母亲也是一辈子没见过这些露着芒针的麦捆。他记得母亲常常讲起：麦子如何在雪地里过冬，磨成粉粉在锅里如何变成馍馍，以至他自己忘记了疲倦。忽然，从后面跳出一个人来，不知为什么揪住他爸的衣领，喊着："贼种！打死你！"他向他爸的脚前扑去，被那人踢了一脚……

河畔上的人群，吵闹的声音，打断了他的梦。当他提着大筐走进去，一加入那些娃娃伙伴，就消失了自己。

不大工夫，他捞满了一筐就转回来。他爸已到地段的下头了。看见邻家背着麦子从大路上走过去，他想王大还不如他爸，为什么他有麦子呢？并且在他捞河柴时，章儿那娃也不如他，为什么他能吃黑馍呢？

"爸！"他问他爸，"咱怎么不背麦子？"

"咱没有麦子！"他爸嫉妒地望着那一大捆麦子，又同王大招呼道，"王大，你家的麦子好收成啊！"

"我这地里的麦子也不强。"王大故意哼了一句，连头也没回一直走了，王大的神气好像故意夸耀什么。

交齐看王大走远了，才转回他的头来，又问他爸："为啥他有，咱没有呢？"

他爸挺起腰，忧愁地答："因为咱没有麦地。"

"地从哪里来的？"

"憨娃娃！"他爸忧愁的面孔笑着，"地是钱买来的呀！这话是谁告诉你的，是你自己想出来的吗?"他爸扶起交齐的下巴，端详了一阵。

交齐对于地是不了解的，他从小除了赶集遇会用过钱以外，甚至连钱也不大了解，但他意识到钱和地对于自己，这是没有办法的事情。

"那回你说，麦子熟了的时候，那针针比胡子还扎人咧!"交齐想象着已经有了麦地，这样安慰着自己，"你又说麦子推出面粉，面粉能蒸馍烙饼，又能压饸饹。"

"我说这话来?"他爸对于他这么认真的态度，怀疑起来了。

"是你，是你! 你在梦里告诉我来，那回你又……"交齐把他的梦告诉了爸爸。

他爸笑着，并且这个故事感动了他。爸爸暗暗地在心中说:"看这娃娃多精! 看这娃想麦地想得太厉害啦!"

"交齐，你听着，"他爸用阴沉的调子开始告诉他，关于家庭的故事。

"咱家以前也是好人家，有地种，有窑住，可是民国十八年遇了坏年成，咱那十四垧地就卖给财主啦!"

"现在咱种的地是谁的呢?"交齐问。

"咱的，原来是咱的，卖给财主就变成二财主的啦。"他爸接着说，"咱又租回来，说来说去还是这十垧地，这块地，地租还打不下来，怎能种成麦地呢?"

"咱能买地吗?"交齐沉思地追问。

"能咧，"他爸鼓励着他，"只要今后勤快些，穷人除了勤快，是没有办法的。"

这话中了交齐的心意，他自信地微笑着说:"对啦，咱以后勤勤快快就有办法，我再捞一筐柴去!"

"憨娃，"他爸陪着他微笑，"你忘记了雷雨三后晌，走吧，怎么忙也不在这一阵阵上。"

二

交齐是一个"实心"娃，从此把自己的话记在心里，一心一意地做着麦地的梦。他爸和劳累的人一样，仿佛早已忘了自己所讲的话，每天早起上山，晚上回来，满脸疲劳忧愁的样子，他再没有同交齐谈到买地的事情，那神气似乎说："穷人哪个不勤快，但是买下地的有几个？"每逢交齐提着筐子出去时，或者他同交齐把捞来的河柴垛成一个圆墩时，他心里也涌过一阵温暖，但这只是他可以省下钱不用买煤，绝不是由此引起的买地的希望。

交齐所坚信着的穷人只要勤劳就有办法，今天在他爸讲起来，因为对人生抱着一种成见，就不能承认这是唯一的真理，但是他把这个自己所怀疑的真理播种在交齐的心里，而且变得根深蒂固了。

他爸愤恨一切，但是忧郁。交齐沉默，但是坚强。于是他爸喜欢谈话，他的身体瘦得像一束干柴，眼睛蕴藏一团烈火，动不动就暴怒，责骂一切人和自己。而交齐平静、沉默，由于他母亲的强壮身体和血统上的特征，使他有一个平整的大头，尖下巴，一双略长的眼皮遮盖着他的眼睛。他会平静地听每个人的谈话，似乎怀疑一切，于是沉默地走开了。这时在他的平滑的脸上表现一种特殊的表情，相信什么或反对什么。

交齐从那时起，就实行了自己的话，每朝每晚，提着筐子去捞河柴，揽树叶，等到队伍住下来之后，他便开始拾军队伙房里的烂炭了。他每天走遍各个角落蹲在炭堆上拣选，他永远不会失望，因为拣过一次后，总有比较大的烂炭埋在煤灰里。他每天拣的除了家庭烧饭之外，还能剩下一个筐底。假若他另外没有活的话，他会拣得更多。有时在炭堆里发现一缕麻，或者一些布条条，这些他都拾回去，经过他母亲的手，就变成他的鞋了。

在他们同院里最近搬来了庆元叔，从前只听说他跑外很多年，等他回来时并未能发财，却是一个褴褛回家的浪子。并且从此，他的眼睛就半瞎了，有人说，这是他偷婆姨被人家撒了石灰的缘故，所以眼睛永远红的，眼边永远是烂的了，但他的性格，丝毫没有转变，仍然那么强暴和懒散。

每天他都用轻蔑的眼光看着交齐，有一次交齐又挖回一筐烂炭的时候，他问："你每天拣烂炭顶甚？"

交齐把筐放下，不解地望着。

"我说是为了不拣烂炭，就显不出你们是穷光蛋来，是不是？"

"穷不穷光蛋……"交齐一时窘住了，因为他平常就看不惯庆元叔，这时他有力地回答他，"这总比你没有炭烧强啊！"

"我看不一定，"庆元叔掉转头，继续说，"我穷是比你穷，但是我有吃有穿，用不着像你！这么一天忙忙叨叨，我这没眼的家雀天抬举，谁跟着有钱人走，谁就有饭吃。"

"吓！这些道理我明白！"

"躺在炕上气匀些！可是偏偏有人不明白。我看见你们这样每天早起晚睡嫌麻烦，看我半截身子晒在太阳里，整天眯着眼睛，但是只要我给有钱人跑跑腿，就够吃一两个月的。我不是吹，如果我是个好眼睛，就凭着这张嘴，真是嘴无贵贱，吃到州县……"他闭上眼睛，仿佛交齐已不在那里，又自言自语："哼，看吧！将来买地的不是你们，倒是我这些整天不做事的人，但是我不想买地。"

交齐悄悄走开了。到了晚上，他问他爸："爸，今天庆元叔的话是真的吗？"

"叫他晒蛋去吧，咱们如果穷一辈子那是命运哪！"他爸说。

"那么咱要穷一辈子，咱一辈子也买不成麦地了？"他再问下去的时候，他爸就不言语了。过了一阵他爸愤怒地骂："庆元叔这号东西，叫作好汉避懒汉，懒汉避死汉哪！"

三

就在同一年冬天，在边区里实行减租减息的命令公布了。

最初他只见他爸常常晚上出去，到半夜才回来。回来的时候他们早已睡着了，第二天他爸又照常上山，比起从前来，更加疲乏了。有一次母亲关心地问："晚上不能少出去一阵，看你弄成个什么样？"

"男人有男人的事！"他爸无故气恼了，"凭着你们，穷人还能够活成人吗？"

交齐懂得"开会"这个名词，他知道他爸这一阵天天开会。他心想穷人要活成人，可不容易。他爸开会之后，有时理直气壮，有时更加沮丧，而且唉声叹气起来，这又是为了什么呢？

到后来，他爸也变得沉默了。终于有一天早上，他爸脸色苍白，一声不言语就走了。这时他妈嘱咐交齐说："娃，跟着看看去，去看你爸干啥！"

交齐走出来，仍然提着筐子。他看见他爸和一些穷人会齐了，交谈了一阵，又分开了。他爸却同农会主任向二老财家里走去。当他们走进去了一阵，交齐才跟上，走近窗棂，从玻璃上看见二老财拥着被子坐着，脸上睡意还没有消，又加上一团怒气，气色更不好看。

"你要折成钱也容易，"他听见二老财一边翻账，一边拨算盘，最后说，"你看见了吗？全租折成钱，就是这，老人老路，这五毛钱零头抹去吧！"

"二老财，"他爸离开算盘，并没有望着二老财说，"今年恐怕抹的要多咧！"

"要抹，看你怎个抹法？"二老财奸猾地笑了一笑，哗啦一声把算盘晃了一下。

"公家命令叫对半减租！"他听见他爸的声音在说。

"你也要对半交租吗？"二老财不知在什么上拍了一下，"咱们有交情，也有良心，早先是不是你家没个办法，央求我典你的地，你典了地我又租给你，是不是我二老财救了你们一家性命？"

"我要跟着法令走，这是政府减租的法令。"他爸强硬地说，那声音是急躁的、愤怒的，因之也是颤抖的。

"什么法令？我没见过！"

"二老财，"农会主任这才插进来说，"这法令你是见过的，前两年法令下来之后，你先藏起来了，等穷人缴了租，才贴出来。那会儿你是保长，现在咱穷人开会说了算，再想对抗减租，咱们穷人不答应了。"

"我要到县上告去。"二老财绝望地叫着，并且听见他走下地，于是交齐就跑回来了。

交齐跑到窑里坐下，坐了一阵，接着又一进一出地走起来，他觉得心窝直跳，有什么重东西压着。他想他爸为什么要这样？以后又会怎样呢？

快到晌午的时候，他爸回来了。他爸进来先在水缸里喝了一肚子水，一屁股坐在石床上，呆望了一会儿，才叹了一口气。两腿架在石床上，用手抱住他的头，没有讲话，但交齐这时看他爸头上冒着细细的汗水，那一双眼睛，瞳仁扩大了，一种冷漠严峻的光透出来。

"爸！"交齐轻轻地叫着，"二老财叫咱减租了吗？"

"哪……"他爸应着，于是猝然地说，"减租是咱们命根，明白了吗？穷人现在要翻身啦！"他爸说完，神色不定地环视着周围，一会儿又变得那么软弱，满脸流汗，看见他在急促地喘气。他说："咱这么做为了什么呢？咱们是穷人哪，咱们是连一坰麦地也没有的穷人哪；咱们这是走着最后一步路，减了租，可把典地抽回来，才有了咱站脚的地方……"

在交齐的脸上闪着微笑，但是他爸又正经地告诉他："你记着，穷人再不能对地主装憨憨，咱们装了一辈子憨憨，吃了一辈子亏，再憨下去，还能有今天吗？"

他爸突然停住，仿佛有谁反驳他的话，他沉思了一阵，自言自语："哪怕你们财主联合起来反对我，穷人可不是我一个。庆元不得罪人也能生活，但他是个黑皮，他不算是穷人堆里的，实在是穷人没长穷人心……"

他爸没有吃饭，倒下睡去了。交齐一个人闷闷地走出去。一会儿，他同他妈坐在他爸身旁，不解地看守着他。

四

转过年来交齐进了中心小学，而且他已是有了麦地的交齐了。他爸从减租之后，又买了麦地，但是因为买麦地刮了口粮。今年种上了高粱，等到明年夏天收割了豌豆之后才能种麦子。即使如此，他的麦地的梦已经实现了。

他把他的优点也带到学校里来了。他在学校里从不和同学打架，他的功课也是极好的，他渐渐得到了好学生的称号。

三月间天气亢旱起来，政府发出了防旱备荒的号召，这个号召同样也走进了学校里。

"你反映的意见，是一般人所有的意见呢！"有一天乡指导员对教员说，"老百姓为什么提出说穷人没有存粮呢？有些穷人去年刮了口粮买了地，今年如果真跌下年成，那些没有口粮的，首先就要给财主撩地，所以防旱备荒的号召，首先就在穷人心里得到响应……"

"跌了年成就得给财主撩地吗？"交齐在心里想着，他的心里突然紧缩起来，替自己捏了一把汗，他回到家里告诉他爸说："爸！听乡指导员说，咱若不防旱备荒，咱那麦地就保不住呢！"

"这话对着嘛！"他爸听见这话，变得忧郁了，"眼看咱们刮了口粮，跌了年成，就要受饿，还能不撩地吗？"

他爸这么说着，对于生产更加积极了。交齐每天拣的烂炭也更多了，有时他还帮助做饭，为的使他妈能多纺些线线，这样才能保住那两块麦地。

这时教员从进行备荒工作以来，到他家做了一次家庭访问，在教员的本子上记载了如下的材料：

"交齐家中每天烧烂炭十五斤，两年来共拣了一万七千斤，并且拾死枣二篓，储存洋芋皮一篓。堪称节约模范。"

这个消息很快地就传开了，但是交齐还不知道。有一天他又在拾烂炭时，一个队伍站在他的背后，突然说："交齐，你把队伍的烂炭全拾揽去了呀！"

他细细端详队伍的脸，他想看出这句话到底是什么意思。他突然觉得他是个贼，而这个队伍是来抓他的。因为不论哪个队伍都可以这样问他："谁叫你来拾的？这些炭堆你不知道是我们的吗？你不知道我们也要节约吗？"当他悄悄走开时，那个队伍大笑起来，因此他的脸变得更红了，他如同犯了罪似的，溜回家去。

他的心始终忐忑不安，但是他没有把这些事情讲出来。他觉得他喉咙发干，心中像扭了一团一样。他也不理会他妈的询问，眼前罩了一层黑影子，他想："队伍真的不许我拾烂炭了吗？为什么从前没有人问过，正在防旱备荒时才问我呢？我从此拣不上烂炭怎么办呢？"

他没有吃饭，他的心病了，他悲哀地想他又变成没有麦地的娃娃了，他永远吃不上馍馍了。

第二天同学来找他到乡政府开会，他怕说自己有病被别人识破他的心，于是一同去了。他在大会上看见一切人，有他爸，庆元叔，甚至那个队伍……大会早已开始了，主席正在讲话，他听到这样不连贯的句子："……号召备荒，我们要一家一家给老百姓订计划……有人去年减租买了地，如果跌了年成，恐怕撩地也没有人要……又像庆元叔是咱乡的二流子，如果跌了年成，他头一个就过不去……"

讲完话，除了他爸以外，还有很多人都拥到窑里订计划去了。他爸出来时满脸笑容。没有庆元叔，乡长叫他在众人面前宣读他的计划。他垂头丧气地站着，脚上拖了两只烂鞋。他常是上半截身躲在阴影里晒太阳的人，突然太阳整个照着他的时候，他的烂皮眼睛就要眯缝起来。同时他那一片奸猾的嘴，在大会面前失了作用，张了几次又闭上，终于没有讲出什么话来，这惹得大家大笑起来。

当庆元叔溜溜地走下来，乡长就接着宣布了交齐是全乡的节约模范。乡长讲了很多，大家都热心听着，但在交齐觉得那话讲得多快呀！他听了三句，就忘了头一句，一阵阵鼓掌声，更使他晕眩起来。临后乡长给他发奖，他完全如同另外一个人似的，站在那里，任凭人家把东西塞在他的手里。他走回来时，众人要看奖品，他看见那个队伍也要看的时候，他的心跳得更快了。现在他才知道，那个队伍的脸是多么和善哪！

散会之后，他仍听见有些队伍在问："交齐这娃是谁的儿啊？"

"门口有棵大榆树那个院里的，他爸是个真正受苦汉，母亲也是纺线子能手。"有人这样介绍说。

"世事转变了，你看见了没有？"走在路上，他爸喜洋洋对他说，"何庆元叔是个真正的坏人哪，这样说才算公平呢！谁是好人呢？好人就是咱们，真正的受苦汉！"

"咱们庄户人，"交齐点点头，仿佛早已明白似的，他说，"你没听见指导员说的吗？他说咱们减了租才买了地，只是勤快也不行，没有政府给咱们减租，穷人还是翻不了身！"

"今天政府再好没有啦，"他爸又说，"政府给咱订计划特别详细呢，甚至连每天点多少油都问到了，生怕咱两垧麦地再给财主撩下！"

"什么都要靠着政府才有办法，"交齐看了一下手中的奖品自信地说，"咱们回去还要告诉妈加紧纺线子呢！"

他们就这样富有信心地，一句递一句地拉着话走回去。

1945年

国际友人白求恩

一

门外站着一匹剽悍的骏马，它注视着每个走进会场的人。我心里想："这匹骏马的主人是谁呢？"

这次会议是在五台山上大庙里举行的。在无人的高山之上，庙里的装饰显得越发富丽堂皇，就是那些盛点心的瓷器，也有一些讲究。出席会议的人，却是个个灰布军装，军装上有汗迹，有泥土，有战火的烟气。在会议之前他们谈的，也尽是前方的战斗和后方的生产消息。

"这是阜平县的县长，北大的学生……"一位记者向我介绍身旁那个矮胖、圆脸盘的人。这位县长的确很年轻，手上拿着一只弯柄烟斗。我也拿着烟斗，然而并没有妨碍我同这位县长握手。

"你有一个很好的烟斗。"他注意到我的直柄烟斗，立刻这样说。前方的人，差不多都像他这样直爽，并且，这也说明了各种日用品，差不多都是后方的比前方好些。我说："可是我倒喜欢你那弯柄的。"

于是我和县长为了友谊交换了我们的烟斗。

使我惊奇的是，他现在已不是什么县长了，不久之前，把他调来做翻译工作。更使我惊奇的是，在我们旁边的那个加拿大人，就是北美三大名医之一白求恩同志，自然他就是那匹剽悍的战马的主人。他是刚从西班牙前线上来到中国前线上的。我注视着他那双炯灼的眼睛，想要看出他是不是还在留恋着西班牙。也许正像一个伟大的人道主义者那样，这一对受苦受难的弟兄，对他来说怎么能够有所区别呢！

当时，白求恩同志躺在一张躺椅里，一只腿架在另一只腿上。他的腿很长，旅行皮靴又宽又大。他吃着从平型关战斗中缴获来的饼干，只是他的手常常为了讲话，捏住一角就停住了。他的第一句话是："我是以冀察晋边区卫生顾问的资格……"

无疑地，这个资格使他感到骄傲。加上"卫生顾问"四个字，也表示了他的谦虚。他说这话的时候，嘴角上浮着一个意味深长的微笑。其中包含了他对整个边区武装力量的卫生工作做出了庄严的保证，并且为了这个工作，他又是一个艰巨的创业者。他的面前有着各种各样的困难。这些困难有时是难以想象的和难以克服的。

他曾这样说过："全边区没有一点补剂，没有一点施行手术时所必需的吗啡。探条是用铁丝做的，铁片代替了钳子，锯骨和伐树又是用了同一个锯。想想看，四个分区仅有的一个手术囊，还是我从西班牙带来的，并且，它是用抽签的办法分配的……"

这些困难是真实的，这些克服困难的办法也是真实的。所以当他叙说这些困难时，他的眼睛不由得闪着胜利的光彩。

他对后方也同样关心。散会之前，他还特别找了我们团里的两位女同志，亲自了解了后方的情况。

这两位女同志，对这次荣幸的会晤是终生难忘的。她们由会客室的门里走出来，红晕的面色同她们手中的礼品两朵红色的月季花一样。那时正是深秋的黄昏时光。

二

临时组成的前方工作团所去的方向，和伤兵的担架相反。我们要经过××，到达正在激战着的柏兰镇一带。

××是距柏兰镇不远的一个小村庄。在村庄中心大路一旁，便是白求恩博士一手创立起来的国际和平医院。

　　国际和平医院早已处在敌人的炮火圈里了。在它的门口，沿着那条大路排满了担架的队伍。担架上盖着灰毯子，或是血迹模糊的衣衫。伤员的呻吟声，仿佛召唤所有的担架向这里集中。事实上，所有的担架都集中在这里了。抬担架的人，那些在战勤工作中表现了英勇精神的老百姓，这时围在村公所临时办公桌的周围，抢着办理登记手续。

　　我见过的那位"县长"同志，正站在门口，用手扶住一位因迈门槛显得非常吃力的伤员。这是一个不大的院子，靠近门口，摆着一个手术台。手术台虽然是用木板拼成的，上面蒙着的布单再白没有了。再里面有一个药柜，上面放满了医药用品。一条小小的阴沟，早为渗着血迹的药棉、药布塞满了，可是砖地上却像刚刚用酒精洗过一样。可以看出来，很久以前手术就在一直不断地进行着。

　　白求恩大夫轻轻地捶着自己的腰部。他因为十分疲劳，才刚刚直起身子站起来。他的头发和他的短髭，都是灰白色的，他的眼睛迎着太阳，闪闪放光。他穿着一条灰布军裤，在一件短袖衬衣外面，系着一条没有武装带的宽皮带。这一天，他穿着一双草鞋。在他的脚前，躺着一个刚施行过手术、处于安适状态的年轻伤员。

　　接着又抬来一个伤员，他默默地对我打着招呼。"县长"同志也是一面工作着，一面招呼我。

　　迎面墙上挂着一幅白布，这时有许多人走过来围住白求恩大夫。"县长"同志是这样对我解释的。他说每逢抬来一个新的伤员，白求恩大夫必定要他的助手们，很快地说出他们对这个伤员的治疗方案。如果白求恩大夫同意了这个方案，助手们必须立刻施行手术。如果他不同意这个方案，他就用红蓝铅笔在白布上画出伤员的血管筋络详图，说出自己的治疗部位和方法。

　　这些得到实践教育的助手们，就是我在各个分区常常遇见的那些人。

"县长"同志同时对我说道："这个老人非常严厉，常常责备那些因疏忽造成错误的人，但是过后，他又会找这些人到他的房子里，第一句话要求原谅他的坏脾气，然后又仔细认真地研究当时发生的问题。"

我走出来以后，在街角的担架前面，听见了两个挨近的伤员在对话。

一个说："有了白大夫，我受了伤一点也不怕……"

另一个说："有白大夫在，叫我带着伤口去冲锋也行。"

仿佛整个部队都敬爱白求恩大夫。除了信任白求恩大夫的高明的医术之外，还信任他那高贵的责任心和国际主义的精神。白求恩大夫曾经提出："我们要到伤员那里去，不要等伤员来找我们！"白求恩大夫还把老百姓慰劳他的鸡蛋分给伤员吃，把同样少数的津贴送给伤员零用。他也曾为了救治一个流血过多的伤员，输出了自己的血。

这种高贵的牺牲精神，感动了"县长"同志，感动了他的助手们，也感动了当地的村长和所有的居民。他们立刻组成了一个输血队，提出"用自己的血救护重伤员"这个口号。

三

几个月以后，敌人的九路围攻被粉碎了，冀中军区为了坚守平原抗日游击根据地，展开血战的时候，我又回到了五台。那是一九三九年的春天。

军区军事会议刚刚结束。聚餐时，一张饭桌设在附近小学校里。我又幸运地和"县长"同志会面了。他一面握着我的手，一面举起交换过的那只烟斗。为了我们的友谊，我们又握起手来。

饭桌上空着一个位置，这使我惊奇起来。"县长"同志告诉我，白求恩同志正在隔壁的教室里休息，因为他连夜筹备过铁路的装备，过于疲劳了。

"怎么，你们要到冀中去?"我吃惊地问。

"这是白求恩同志坚持要去的。他说抗日战士再多，若是只擦了一点皮就得死掉，还能打胜鬼子吗？这是他坚持要去的理由，谁也不能在这一点上，说服这位老人。""县长"同志又低声对我说道，"司令员对于他的行动，也提过一些意见呢！本来西班牙和中国不同，再说五台和冀中的环境也不同。在平原上一天要转移几次，这些医药驮子就不方便，但是白求恩同志无论如何要去……"

我们从窗玻璃上，看见他起身了。因为刚刚睡醒，精神还不大集中，有点涣散的样子。

他披着一件缴获来的皮大衣，走来坐在他的座位上。他顺着桌面，挨个望着。当他望到我的时候，"县长"同志想要替我介绍，但他点着头，表示他还认识我。我惊奇地想："千百个伤员，经过他的手术台，他也许记得。我只是他见过面的千万个之中的一个，难道他也记得吗?"

他很喜爱中国酒，但是他并不多喝。他在许多菜碟里只吃摆在面前的那碟青果。为了他的缘故，又端来了两碟青果。直到聚餐完了，他都在疲倦地沉默着，嘶嘶地吮着酒杯，慢慢地咬着青果。

我是刚从冀中军区回来的。在那里我看见了残酷的斗争，我会见了无数个刚由火线上下来的斗志昂扬的战士们。他们由这个村子转移到另一个村子，为了追击敌人，饭也顾不上吃。他们可以三天不吃饭，三天不睡觉，为的是对住在邻村（有时只隔五里路）的敌人，一时一刻也不能失去警惕。正是为了这个，白求恩同志才怀着坚强的信心，走向需要他的火线上去。我无论如何描绘不出当时在座的人的感激的心情。

终于，噩耗传来，这位国际主义战士，与中国士兵一起牺牲在那神圣的手术台上了。

我记得他给×××旅一位参谋长不得不割去一只手臂的时候，极为伤心。他曾给旅长写过这样一封信，信上开头是："中国共产党交给八路军的，不是什么精良的武器，而是那些最珍贵的经过两万五千里长征的干部……"他对于不好好爱护干部的旅长，提出了严厉的批评。

他自己不是被认为千千万万抗日战士的"救星"（伤员们这样称呼他的）吗？他自己不是更加应该爱护自己吗？

但是敢于这样忍心来责备他的，一个也没有。因为他正是为了急救无数个伤员之中的一个，感染了毒菌，在正义神座面前光荣牺牲了的。

1938年

王冠的宝石

——献给×大队的指战员们

秋收时的太阳，骄意地斜射着。大地羞涩地袒露出刘毛的羔羊般的面孔。干燥芬芳的气息轻快地追逐着农民的笑颜。——晋察冀边区的第一年的丰足秋收。

强盗们惯于利用任何有利的时机。这次，他们不但蓄意抢掠我们的秋收，还想对屡次给他们最大创伤的渐趋坚强的抗日根据地以可能的摧毁。被敌盘踞之盂县城里的街长（属于伪组织之一种）也早已向我×大队报告过敌人的这种企图了。

新任的×大队队长想给敌人以无情的打击，要沿路埋设地雷，为了侦察地形，他们一早就出发了。同去的有政治委员，那天是九月二十四日。

但是他们出发还不到两个钟头就打回电话来说：进攻的敌人的前哨已与我军军士哨打响了。

×大队在全边区的纪律检查上，得过"经得战时准备"的好评，他们时时准备和敌人火拼，并不限于这次；何况，他们战线的布防、火力配备，在上次敌人进攻时已试过一次，其缺点和不符实际的弱点都等这次来弥补。

他们用突击的速度占领了几个制高点，其中的一个在最前端，并且是孤立着的，如同堵在海口上的岛屿。王参谋长曾这样说过："敌人也看出了小独头的险要，他们上次进攻上社时，就先夺取了这个山头，叫我们吃了一次小亏。这也要得，不然，我们不能每天都在小独头放一个军士哨，要不也就不能在三四千敌人进攻之下只是一个军士哨就守住了这个险要的地方，再说还是那么从容不迫的。"

敌人不知为什么放弃了小独头，开始将行进中的四路纵队散开，一直逼近我们射程的最近处。炮弹由他们背后抛到我们的阵地上，像风吹落的烂柿子。枪声"咝——咝——"的，比布纹还密。他们在密集的火力掩护下，扑向我们的山头。先是用千数人向西山硬冲，黑压压的一片，吆喝着，挤压着，攀石抓土地向上爬。但当最先头的喊起："反共灭蒋——愿意做官享乐的过来……"（由此断定他是伪军，并且伪军还不少）还不等煞尾，就见他四脚朝天地向后倒下，接着手榴弹的轰响，将百余米内的几十人完全毁掉。

除了踏过的石块有些滚动之外，山头依然不动，仍在我军手中。

与此同时，正面也有千数人向前冲，他们躬着腰，企图将两肩也塞进钢盔似的低下头，踏着碎步跑来。他们又是那样互相警觉着，只要身边有两个人倒下，转身便跑。这样在百米射程内反复了几次，跑过来跑回去像笼中鼠一样可笑。然而我们的正面只有一排人，看样子如有一班人也就足够。

靠近××村的山头是第一连的防地，在××连与小独头之间，××连占据了更高的地势，对过东山上又高踞着我们××连的弟兄。当我们三面夹击的火力像铁桶一般围着敌人的时候，他们颓然低下了头，像包围中之敌那样等待着自己的命运。

零落的枪声继续着，混杂的低语汇成的声浪的洪流，时起时落。敌人在仿佛跑马场一般大小的平地上开始向东慢慢移动，好像要做一次什么新的尝试。

东山前土岗上静卧着一排人，那是属于××连的前卫部队，××连的主力便在后面的横山上，他们互相毗连，如同前胸和头颈似的。这排人一直在观望着，好像打仗是别人的事。

排长是个老战士，在每次战斗中他都会获得新的荣誉，我想所以单把这排人派作前卫的，应归于排长的光荣。他的名字叫赵凤祥，三十岁上下，一个在北平早晨常见的提鸟笼的面孔，好像他不但熟悉人间事，还同样洞悉鸟类世界，充分表现了平淡的和蔼。他在战场上以身作则地告诉弟兄们该怎样勇敢和镇静，同样在平时还会教弟兄怎样炒米和补袜底。对他的名字伸出了大拇指，他的热腾的血滴也将是×大队王冠上的宝石之一。

敌人向东移动，吸引了这排人的视线，他们怀着看钱塘江潮的心情等待着。右翼的某班长忽然一声疾呼："日本弟兄们掉转枪，打倒日本法西斯蒂！"

左翼也有人像呼应似的迸出了刚学过不久还不甚顺口的日语口号："打倒日本帝国主义！"

喊声好像发挥了效力，敌人停止了一下，又在缓缓地移动。然而事后的检讨告诉我们：正是因为我们左右两翼的呼喊暴露了自己的兵力，才招来了敌人的猛烈进攻。

敌人静止了十分钟，然后集中炮火掩护，用两连人开始向我们冲锋了。在这里与其说敌人顽强和其兵士的勇敢，莫如说我们的兵力与他们数倍以上的兵力，我们的火力与他们数十倍以上的火力的鲜明的对比，壮了他们的胆子。

排长赵凤祥扬起眉毛，在告诉弟兄们准备起来。他们最有信心的准备是，一方面要在密集的炮火下一动不动，一方面要顶子弹上膛，要将手榴弹握在手中，这之间还要尽可能地来减小自己的目标，而且在百米之内发现自己所要狙击的第一个敌人。

敌人像羊群似的向上推进，在突然阴暗下去的云雾下面，钢盔如同潭里的荷叶似的浮动，前端的几排人在我们准确的手榴弹的尘烟中倒下，使后面的人迟疑一下，才又越过挣扎着的尸首继续前进。

我们的火力制止不住敌人的进攻。敌人虽然一批一批地倒下去，然而由这个石堆到那个石堆的前进是继续着的。最后，敌人已经非常逼近。

指挥员在不利的情况下是有撤退部队保全实力的权力的。他是这个战斗的唯一的上级，所以他的撤退命令风一般传遍了每个战斗员。他们迅速地由各个位置爬下去，准备通过两山之间的鞍部，与背后冲上山的主力会合。如若我们能坚守这较高的阵地，即使敌人占领了我们放弃的土岭也毫无用处。

但是撤退的动作使赵凤祥惊惶了，他焦急地前顾后瞻。前面一百米的敌人以浪涌的姿态向上挺进，而身后的坡面却有二百米远，即使我们下山的速度能比登山快上几分之几，但当我们用了最大速度通过鞍部爬上横山的山坡时，敌人正好在占领的土岭上用斜射的角度向我们齐射。

由他背后响起了急迫的吼声，吆喝他赶快退下。这时留在山头上的只有他一个人了，但他的决心定了，他自言自语道："我退下去也是死，不退也是死。"他回头望了一下接着说，"就这样，我这十排子弹和两颗手榴弹也许能掩护弟兄们好好地退下去！"

一股民族英雄至上的微笑溜进他的嘴角，使他变得更加镇静起来。

他透过石缝望出去，对着敌人最密集的部分掷去一颗手榴弹，使他们倒退了几步。不到一分钟，他的第二颗手榴弹又掷下去。一阵静寂压迫着他，他开始握起在盂县附近游击中得来的三八式枪准备着。

这样他在五十米之内准确地射倒了冲上来的一个、两个，到第五个的时候，他感觉好像一根血管要迸裂了，右手臂近于麻木似的沉重起来。然而，他的背后，刚刚由他的身边退下去的那一排人已经登上了第二个山头，在向敌人突然放出第一枪。这无异于信号，好像说："退下来吧！我们现在来掩护你！"

于是十几年来的战斗经验使他像猫儿似的溜下来，接着他听见了由他的头上飞到土岭上的我方密密的弹雨。他惭愧着——几乎在数着为他而放过的每一颗子弹。他分明记得平时他常常训诫弟兄们不要浪费枪子的话。

直到他安全地回到自己的排所占领的阵地，敌人虽已抢上了土岭，但在我方火力下远不能安放他们的机关枪，所以当他爬上山坡时只有几颗步枪子追踪着他，没有损及他的一根毫毛。

他的汗水流下来，平卧在他身旁的那个前两个月还是一个农民的青年战士，望着他那如鸟翼的眉毛问："你曾经干过这套玩意儿吧！蛮漂亮的。"

这时敌人将小钢炮又对准我们的新阵地轰击，同时土岭上的敌人也未停止，一直冲下鞍部，准备再进攻我们的新阵地。但是这次，我们的优越火力很容易地控制了他们的活动，就是说冲下鞍部的敌人被我们由上而下的火力压得头都不能抬一抬。

如此支持到下午五点钟。

正面的敌人因为我们已把警戒××村的×连调转来，所以他们想正面突破的计划在几次试验之后也归于失败。

这是稀有的战斗，居然以几连的兵力守住了几个山头，像铁城钢壁似的连接起来，抵住了敌人的每一秒钟都在轰响着的炮火。

填满了晋察冀边区的战斗着的山头与山头之间的，神圣的民族英雄的血肉和喷发着热情的气息万岁，万万岁！

1938年

游击大队长

村长由村东头跑到村西头，遇着人就问："你家有老鼠夹子没有？"

"老鼠夹子？"一个女人想了半天才答，"有是有，等我找找看，不知小四搁哪儿啦。要老鼠夹子干啥？"

村长郑重地说："甄队长要，有要紧用处。"

村长只是这样说，他也不知道甄队长要老鼠夹子有什么用处，但是这个女人一听是甄队长要可着了慌，连忙说："好好，我找出来，就叫小四给村公所送去。"

村长抹把汗，又跑到另一家问去了。

只是这个村子就给甄队长送去了十六个老鼠夹子。

甄队长是定新区游击支队第五大队的领导者，他带着这个农民队伍打了无数次大小战斗，并且由于他的才干，使这个队伍从来没有过伤亡。他本人呢，自然也是一个粗手粗脚的农民，又不大认识字，不会做呱呱叫的演讲。他非常朴素，没有什么嗜好，然而他是一个听见枪响就上瘾的上好的战斗员。

他有一个家，可是从来没有见他回去过，因此有人说他是个家庭观念薄弱的人。这对于他并不确切，当那些汉奸把他老婆当作人质押进定县城里的时候，在他的暴跳如雷般的愤怒中，就隐藏着无限的情爱。他那紧皱着的眉峰颤动着，他把私情的爱恋压在愤恨下面了。

在发生了这件事的第二天，定县城门突然紧闭起来，据说甄队长领了四个特务员赶到城里放了一排枪，他说这是他简明而有力的回答。

汉奸抓他老婆是跟他学的，因为他抓过这些汉奸的家属。虽然他对待汉奸们从不会这么客气，但他对这些人质是不肯加以伤害的，这是为了他要得到他所要求的罚款。这些罚款累积起一笔很可观的数目，他把它完全买了枪支，他的腰袋里从来没有留下过罚款中的一元钱。

后来他的老婆写了一封信来，他接到信的时候，喜悦从他赤红的脸上一闪又消失了。他扭皱了信纸狠狠地骂着："嘿！骚娘儿们……"

他的老婆要他去做每月二百四十元薪饷的公安局长，不然就赶快离开这里，省得鬼子磨难她，但他说到这里就紧闭起厚嘴唇不再说了，他是一个气闷的时候不大愿意讲话的人。

当日下午他们转移了新的位置，这次是在离城三里路的村里住下了。从这里可以望见像一条黑线似的城墙上面的白塔。

第二天太阳刚由地平线上升起来，他们这一队人就踏着露珠在南关城隍庙前的广场上集齐了。甄队长的齐下巴张开打了个哈欠，但怎么也赶不走两眼上的黑圈。他的沙哑的声音像在地面上滚动着，对战士们讲道："同志们！今天我们在这里下操好不好啊？"

"好！"战士们雷一样地回应着。

"这地方大家都看得见，眼前就是城，城里有敌人，所以我们要格外遵守操场上的纪律，不能吊儿郎当的，叫他们看见了笑话。我们能不能遵守操场上的纪律啊？"

"能！"

"今天的课目：第一行进间的转法；第二卧倒动作；第三练习瞄准。休息的时间唱歌，要唱嘛，就像个样，声音要大，要齐。好，开始！"

在这空旷的广场上，队伍散成几条线活动着。他们觉得有千百只眼睛在城墙上偷望，这使他们感到从来没有体验过的兴趣。城墙上守望着一个伪警，他来回徘徊，有时也对着这里望上一眼，但他没有勇气望下去，马上又来回徘徊起来，好像他想看又不愿多看似的。

歌声飘起来了。《义勇军进行曲》的雄壮的音符，排列起来向城内进军。

这时南关的街长，一个猪头脸的小胖子来找甄队长。

"甄队长，我是街长，叫郭洪顺。"小胖子这样自我介绍着。

"街长，你是日本官呀！找我有什么事？"甄队长瞟了一眼，又望着已在进行第三个课目的队伍。他们在整齐一致的动作下把枪口对准了墙头。甄队长问："你看他们瞄准的姿势怎么样？"

郭洪顺挤着一双小眼睛，苦笑着说："诸位辛苦啦！"

"我们下操准有一些人围着看，不论在哪个村子都是这样。今天到你们南关，怎么一个人也看不见？"甄队长头一次这么安闲地对一个汉奸讲话。

"唔——"郭洪顺拱起拳头向后倒退，支吾着说，"甄队长要给养吗？要多少？"

甄队长装着吃惊地说："不！我们的给养多得很，老百姓天天给我们送。"

"那么，我回去要他们送些日常用品，胰子、手巾啦。这不算什么，算是我们南关的一点小意思，请你收下，我们也是没有办法呀！"

"鬼子来了等死，还有什么办法？这年头是越打鬼子越有办法。"甄队长突然严肃起来。

郭洪顺像受了一击似的摇晃着，他搓着手掌，回头向城头望了一眼说："甄队长您开恩吧！我代表南关请求您，你把队伍带回去吧！鬼子知道了会……"

"你们做你们的顺民，我们下我们的操，这有什么关系呢？"

甄队长笑了一声，郭洪顺几乎要哭出来了："但是我们全是中国人哪！"

"但是现在办中国事的才是中国人。你们这些人办了什么事呢？我们民运部的同志知道，你们不纳救国公粮，你们也不募集救国公债，这还算是中国人吗？"

郭洪顺战战兢兢地拱起两手："你吩咐我的我都办。起初他们不明白，这次我回去就募集，你看着吧！保险成功，给我一个期限吧！我们要募集多少救国公债，你说！"

甄队长沉吟了一会儿说："能这样当然更好了，你到县政府去接头吧。我还不大清楚，多少才合你这个身份。我告诉你可不是你们那个县政府呀！"

"我知道是咱们那个游击县政府。"郭洪顺唯唯地答道。

在归途上，战士们看见甄队长在偷偷地笑，大家想问一问他的老婆什么时候可以放出来，但他告诉他们说："这次总算有成绩，定县救国公债的缺额可以补全了。"

"怎么定县城里也募救国公债？"一个战士这样惊奇地问。

"为什么不呢？定县城里除了汉奸全是中国人哪！"

"但是你的老婆呢？"

他不再言语了，他的脸孔阴森森地凝结着，仿佛计划着什么事情。

民运部终于由县政府那里听来了定县城里这次募集救国公债的数目是三万元。同时也带来了一个可痛的消息：有人说甄队长的老婆昨天被汉奸枪毙了，挂在城楼上的头颅就是证明。

队伍又变换了新的位置之后，甄队长好几天没有露面。他也许躲在房里睡觉，也许喝酒。他的特务员为了这种反常的举止也皱起眉头。但是第三天上政治委员替他下了一道各村动员老鼠夹子的命令。

战士们揣摸不透动员老鼠夹子干什么用。住的房子三天两天地换，说起来用不着这么麻烦；若是真的打老鼠也用不着各村都去动员哪！这样动员起来，几百个也不止呢。有的想到与打鬼子可能有点关系。但这样打比喻是可以的，比方说打老鼠好像打鬼子，如果真的用老鼠夹子打鬼子，这样想的人自己也会笑起来的。

"政治委员，咱们叫老百姓送来这些老鼠夹子干什么?"

政治委员突然板起面孔，但他也是个随随便便的人，大家都知道他板面孔是假装的，他说："咱们打鬼子呀!"

"你们听啊，政治委员说用老鼠夹子夹住鬼子的脚指头，鬼子就跑不了。"文化教员也装出正经的面孔这样说着，于是更引起了战士们的哗笑。

政治委员始终没有说出个头绪，仿佛真的有点军事的秘密不便宣布的样子。

战士们在生活时间表上安静地度过了四天，像这样长的休息时间是从来未有的。这时他们要求出发，比在疲惫的游击中间需要休息还要强烈。当第五天的黄昏带来了出发的命令的时候，他们像休养得很好的征马一样，嘶叫了；在晚饭中间他们大声地喧笑着。不一会儿，整列了，出发了。以往破坏敌人的铁道就是这时候出发的；然而这次他们扛起锹镐，却是为了袭击翌晨将在公路上通过的八辆汽车和车子里的一百个敌人。

甄队长出现了。他在树林中站着，等待着集结的队伍。他仿佛久别了似的望着树叶子和由树叶子中间透过来的晚霞的天空。当他望着这些熟悉的面孔的时候，脸上的阴影消失了。他手中拿着一个老鼠夹子，战士们每一个人拿着一张纸，那上面油印着使用老鼠夹子打鬼子的图解和说明。

甄队长同政治委员在一棵白杨底下谈着。政治委员还是一面说一面笑，像个天真的孩子。已经集合好了的队伍，难以控制的热情和窃窃的低语声，伴着簌簌响动着的纸张，像是一阵阵松涛。

每个班长在集合之前，已经听过政治委员的详细解释。现在战士向班长提出疑问来了："鬼子踏着这老鼠夹子，不炸怎么办呢?"

"怎么能不炸? 脚一踩，两根铁梁就并在一起了。手榴弹的线绳拴在上面那个铁梁上，借它向下一合的劲儿，手榴弹的线绳一扯还不响吗？你看这图，手榴弹埋在地里，露在外面的线绳拴在铁梁上要拴得紧紧的才保险。"

"老鼠夹子埋不埋呀？"另一个战士问着。

"也要埋呀！不埋哪行呢？你不埋起来，它扯不动线绳，它也会跳起来。"

"我看它没有那么大的劲！"

"怎么没有，咱队长早就试验过了。"

甄队长的哨子响了。大家肃静起来，他开始讲话了，但他的讲话多半是发问："同志们都看懂了吗？"

齐声地答："懂啦！"

"大家都知道这叫什么名堂吗？"

大家瞪目地张望着，有几个声音在零乱地喊："不知道。"

"这叫作自动手榴弹，用不着我们扔，它自己会响的。"

"自动手榴弹呀！"大家听完笑了。等笑声停下去之后，甄队长举起手里的老鼠夹子又问："我们用自动手榴弹打鬼子好不好？"

"好！"

长长的行列在田野中迂回地前进。有时经过村庄，有时又偏过村庄绕过去。夜是静的，由村子里吠起来的狗叫，像是五里外都能听到。他们最讨厌狗叫，若去破坏铁道，狗一叫，附近的敌人就会戒备，而经过村庄的时候，狗偏偏叫，所以他们在行动之前，往往先要费两天的工夫打狗，这叫作"打汉奸"。

他们逼近了潴龙河畔，河水在夜里咻咻地叫着，公路像月光下的流水一般闪着光。在这里他们停止了。在队伍停止休息之后，甄队长和政治委员两个人在公路上测量地形。政治委员跟在甄队长后面，弓着腰，举着镐头，甄队长走三步，他就向地下挖一下。最后甄队长接过镐头来画了一个比坦克车还要大的四方形。

这个四方形要挖下一丈深，这是坦克车和汽车的陷阱。在这个陷阱后面，沿着公路两旁刚才挖过的坑是埋放自动手榴弹的地方。

工作开始了。政治委员带着第三连在左前方的树林里警戒着。镐锹的声音震动着地面，土沙沙地响着。这里听不见有人说话或是咳嗽，他们像土拨鼠那么严肃。

　　自动手榴弹一会儿就埋好了。甄队长挨个儿检查了一遍，回头他又来监督挖陷阱的工作。战士们变成了挖陷阱的能手，又会用手榴弹来代替地雷。这个地雷是用六个手榴弹做成的，先把它们绑在一起，然后用两根麻绳，每根麻绳拴上三根手榴弹的线绳，再把这两根麻绳左右分开吊在坑口上，地雷就算成功了。这个地雷也是甄队长发明的，并且它的爆炸时间非常准确，只要汽车一掉进陷阱里，必定压断了手榴弹的线绳，手榴弹就会跟着沉下去，用不了一分钟它就会爆炸了。

　　在这陷阱上面还要铺草盖土，这种伪装对于一只狗熊和一个日本鬼子同样有用，他们会糊里糊涂走进这个圈套。

　　当战士们躲在树林里吸烟的时候，拂晓的风吹起了夜幕，东方显出了鱼肚白的曙光，太阳快要升起了。他们虽然经过了一夜的劳作，没有人感到疲劳。现在他们怀着猎人的兴奋等待敌人。他们不预备射击未入圈套的敌人。他们只等着掠夺捕获物。倘若已入了圈套的敌人可能逃走的时候，他们是要迎头截击一下的。截击的部队就在刚才政治委员带着三连戒备的那个位置，这里可以瞭望将要来临的汽车，如果第一辆汽车遇见了陷阱，其余的汽车掉头逃跑的时候，正好迎头痛击。在树林与公路之间，起伏着几个迂缓的斜坡，也是一种便于接近敌人的地形。甄队长与政治委员会面了。他俩都没有说什么话，太阳在他们背后默默升起。甄队长脑门上的青筋在跳了，性急的烦躁侵袭着他。他是打起仗来喜欢跑在前头的人，因此他缺乏等待的耐心。而政治委员恰恰相反，他心细，有计划性，能容忍地处理最烦琐的事务。若是把甄队长比作爽直严谨的父亲，政治委员就像一个温暖谨慎的妈妈了。

　　"假若敌人汽车今天不来怎么办呢?"政治委员忽然问。

"它怎么不来？它没有第二条路可走哇！"

"不，我是说敌人汽车到了晚上才会来怎么办？"

"等呀！"

政治委员笑了，好像他对甄队长所希望的就是在"等"下功夫。

大约八点左右，前面的哨兵，忽然听见由地皮传来嗡嗡的声音。起初像是飞机，后来这种沉浊的轰响使每个人都听到了。远远飞起的尘土像是向着相反的方向飞驰着，正是那一串黑黝黝的汽车向着这里突进。他们所等待的那一刻钟到了。

头一辆汽车开到这里略略迟疑了一下，仿佛对这一带复杂的地形有点怀疑。但原野上的静穆，引逗着他们又向前开动了。当第一辆汽车像狗熊一般逼进了陷阱的时候，树林里的无数的眼睛眨都不眨，提着一口气，差不多要窒息了。

第一辆汽车已经落进了陷阱。轰的一声，一股黑烟由那里翻起，许多黑的白的碎块像泡沫一样地由陷阱里向上飞溅。跟在后面的那七辆汽车同时停住了，发动机的轰响停止了之后，地球像是突然缩小了一些，只有地雷的轰响在地面上拖着震颤的尾音。

这七辆汽车停在陷阱后面，在这段公路两旁的沟里，用草掩护着的老鼠夹子张着嘴，自动手榴弹的线绳像拉紧了的弓弦。一刹那间，汽车上的人群像开了闸地向下滚动。他们滚在公路上，有的跌进沟里。第一颗自动手榴弹在一个角落上响了。敌人张皇起来，望着附近的斜坡，瞭望着树林，想要寻找人影。第二颗又响了，第三颗也响了。他们乱跳乱蹿，企图掩护身体，第四颗第五颗又……粗壮的手臂、血红的衣片、土块、弹皮，向上翻腾着，硝烟凝结起来，血腥气在天空飘荡。

一刻钟的工夫，像是年五更放过一阵鞭炮似的，一切都停止了。地面上散乱着坑坑洞洞，呻吟声像是缭绕的回声。那七辆汽车由渐渐稀薄的硝烟中显露出来。突然由汽车底下跳出三个敌兵顺着原路跑去，接着又跳出来了两个、三个。这时由树林里响起了密集的射击。

最后的几个敌兵倒下了，跑到前面的三个也先后倒下了。

树林里腾起了一片欢呼声。他们带着这种喊叫一直冲到了陷阱的旁边。甄队长站在最前面，他的手掌张开，两臂挥动着，他的膝盖在快乐地颤动着呢！他用了七根火柴燃着了七个汽油缸，七堆熊熊的火焰在七辆汽车的车厢上盘旋着、吞噬着，车厢上的木板吱吱嘎嘎地参加了胜利的大合唱。狂热的战士们正在踢开尸体搜集战利品。胜利的微笑飞上了甄队长的嘴角，也飞上了每个战士的嘴角。

成群的老百姓跑来了。甄队长拍着他们的肩膀热情地说："这都是你们的老鼠夹子的功劳，哈哈……"从他老婆牺牲之后，他第一次这样笑了。

1939年

黎 明 曲

一

抗战刚刚开始的时候，冀中完县境内齐王庄，向县城解送了一个汉奸。因为这事县里通知各村：月中召开西三区自卫队检阅大会。

捉拿这个汉奸的，原是齐王庄村妇救会的除奸委员。说起这人，她的丈夫早已去世，独子当了抗日军人走了，她一个人，以卖烧饼为生。因她孤人独处，又因生就一副厉害口齿，如果遭人奚落，她就用唇枪舌剑还击。遭到反击的人，就像叫她的小脚蹬了一样，所以有人送她一个绰号，叫"小脚蹬"。她的大名任月花，几乎不大叫起。

一个月前，村青救会刚刚成立。那一阵，就像一滴清水落在油锅里，全村都炸开了。老年人骂这些吃奶娃娃不知天高地厚。这些老年人，蛮想把救亡的事包下来，不让年轻人参加。想不到村妇救会也跟着成立了，他们气上加气，破口骂道："母鸡天生要下蛋！娘儿们办公事，好比叫公鸡不打鸣！"女人要平分天下，这还了得！村妇救会识字班向村公所要房子，村公所推三推四没有给，这算是第一回交锋。

说到村妇救会的阵势可不弱，有杨大妈杨主任、蔡金环蔡组织委员、孙世英孙宣传委员，还有任月花这个呱呱叫的除奸委员……

男人们在那棵空心槐树底下，天天论长议短。在他们眼中，杨大妈一个大字不识，不配做妇救会主任；蔡金环有个虐待儿媳妇的恶名声，她怎能组织别人呢？孙世英是个有名的骚货，不值一谈；说到除奸委员，就是那个"小脚蹬"，她还照常卖烧饼……看呀！她正挎着筐子，用印花蓝布包着头，从那边走来了。

杨麻子撩起眼皮，先对"小脚蹬"开口道："你那筐里净是汉奸，就不费周折啦，可是你那'汉奸①'，几个钱一斤哪？"

除奸委员当作没听见，继续向前走。村副田其昌，一脸络腮胡子，恶狠狠地加上说："娘儿们要是抓住汉奸，我揪下脑袋来给你们看，除非……"

"除非什么？哈哈……"

除奸委员在笑声中站住，点着手指头，气势汹汹地反驳道："你说娘儿们抓不住汉奸，你们男人抓的汉奸又在哪里？娘儿们少了什么？现时全民抗战打鬼子，怎么还分男的女的？"

除奸委员说罢话就走开了。她的两鬓剪得比画的还齐，太阳穴上，这两天头疼拔了两个火罐子，看去像四只眼睛。她的背后爆发了一阵笑声。

除奸委员走到主任那里。主任杨大妈心肠不赖，轻重担待得了。除奸委员头一次受了这么大委屈，心里很难过，掉了几滴眼泪花子。组织委员蔡金环站在一旁，紧着有雀斑的鼻子，耷拉着眼皮。早几天她为没有当上主任，心中有些不满，这时搭腔道："你不好抓个汉奸出口气！"

"什么？抓一个，出口气！好！"除奸委员气恼地说，"我就抓一个出口气。说话算话……我不是为个人，我是要给大伙争面子！"

从此，除奸委员特别注意来往行人，有事没事在村道上溜达，借此也多卖些烧饼，不在话下。正好有一天，一个外乡人从村头经过，除奸委员照例招呼道："同志，辛苦啦！"

"好说，不辛苦……唔，真热！"

————————————

① 隐喻烧饼。

158

那人赶紧摸出手巾擦汗。除奸委员看得清楚，这人一身白市布，右肩上斜搭一个蓝布小包袱，一边擦汗，一边贼眉鼠眼地四下张望。她看在心里，嘴上却笑眯眯地说："同志，你莫不是从县上来的？我一看就知道……"过路人四周打量一眼，除奸委员赶紧又说，"一搭眼就看得出，你是做救亡工作的。"

过路人连忙堆起笑容，答道："猜得真准，是呀！我是……我是县青救会的。"

"真是县里的？县青救会也断不了到我们村子来过……"除奸委员一路说下去，过路人却避开眼睛，隔着肩膀，向大路那头张望。除奸委员热情地邀请他道："县上离这儿远得很哪！不知你上哪儿去？可先歇歇腿吧！我叫你大妹子做点饭，填填肚子，再走不迟。县里干部，常来常往的，都在我家住过，你还客气什么呀！……"

如此这般，她把这个可怀疑的过路人领到家里去了。在她家里根本没有"大妹子"，但她死丫头、疯丫头地骂了一顿，借口找大妹子回来，却把自卫队领来了。

经过一番盘问，过路人又自称是行商办货的。在他身上搜出了日本带孔钱哪，一段红头绳啊……当场把他押到村公所，晚上又解到县上。

除奸委员实现了自己的诺言。在空心槐树底下，不再听到男人们的冷言冷语，却是她在这里，一遍又一遍地述说她捉拿汉奸的经过了。

却说组织委员蔡金环，依然忌恨在心，背地对人说："抓一个有什么了不起，汉奸多着呢！"原来组织委员同赵宝兰相好。赵宝兰这人，曾和死去的丈夫到东北去过，是个出了名的女光棍。这一阵赵宝兰和村副田其昌又打得一团火热，村副给她撑腰，她觉得妇救会主任的位置应该是她的。赵宝兰和组织委员，就变成一鼻孔出气的同病相怜的人了。那天，妇救会交涉识字班房屋时，赵宝兰也在场，她说："妇救会那么一块大招牌，还是离开男人办不成事呀！"杨大妈骂她是贱骨头，并且说："妇救会开识字班，就是为了不要女人学赵宝兰的样。"今天，赵宝兰又对组织委员搬弄是非道："你猜妇救会干什么呀？嘻，让我趴你耳根子上说：她们要给自己女儿找女婿呀！"

组织委员并不稀奇，低声细语地加上说："你哪里知道，她们自己也要找对象呢！"

召开自卫队检阅大会的消息传来之后，有人说：押送到县上的那个汉奸，一五一十供出了敌人进攻完县的消息，举行自卫队大检阅，就是为了迎接敌人的进攻。于是个个精神紧张，如同弓上弦刀出鞘一般。除奸委员的功绩，自然不容忽视。组织委员也就不再说破坏话了。

杨主任对这个通知感到光荣，也有一些不安。她在心中数了数站过岗的名字：赵家的、扁嘴二嫂、周大婶……人数不多，又净是些老婆子，如要检阅，阵容可不像她想的那么整齐、壮观。

齐王庄的女自卫队，还是春耕那一阵成立的。那时，男人下田，为了保卫春耕，女人就站起岗来。现在，秋庄稼都快收割啦，女自卫队早就无影无踪啦！

杨主任是齐王庄的老户，男人年老瘫痪，下不了炕，地里的活，全仗儿子料理。儿子生得泼实，下得了苦，去年刚刚娶过媳妇。村妇救会的临时办公室，就设在杨主任家里。她常指着儿媳妇道："眼时，这媳妇家走进走出，炕上地下，又得操心穿的，又得侍候饭食。我正和她掉了个儿啦，她是这家的主人，我变成新媳妇啦！怎么说呢？咱们办公事的人，做在前头吃在后头，这还不是我们给老百姓做新媳妇的规矩吗？"杨主任确有一副热心肠，胖墩墩的脸，带着慈善的笑容。这时，她为了自卫队的事说道："组织起来，眼看秋收啦，这是好机会……"

宣传委员是主任的好助手，她也跟着说："对啦！保卫秋收，自卫队正有用处。"

她们一边说着，一边又不住地转念头：怎么组织呢？检阅大会又是个啥样子呢？满山遍野像唱野台子戏一样吗？吹号打鼓吗？也得像男人那样亮着嗓门，喊口令吗？

"检阅这事，我们可没干过。"杨主任忧虑地说。

"还是找区委吧。"宣传委员想了一阵，机智地答。

主任脸上放了红光，两手合十喊道："你说田冲同志吗？我怎么忘了她呢？哎呀！我的田冲同志呀！除了你……"

区委离这里十五里路，杨主任拾掇一下就去了。留下宣传委员守着办公室，因为妇救会一刻也离不得人。

二

一片浓密的柿树和黑枣树，把齐王庄包围起来。他们用柿子和黑枣度过好些灾荒年景，过去这是他们饥饿的屏障。现在，日本人侵入了和平乡村，这些树从外面隐蔽着他们，他们隔着树木窥探外面时，却又一清二楚，这又变成他们防敌的保护层了。

田冲来到齐王庄，坐在村头上歇脚。隔着树林传来民谣的歌声：

日本占了一条线，
八路军占了一大片。
八路军好，日军背①，
收了南瓜种萝卜。
萝卜熟了，
日军死了。

朝阳升起来了，树上笼罩着一层粉红色的霞雾。田冲站起来，迎着歌声，微笑着走进村子。

她向西街走去。在她去妇救会之前，先要访问一下丘老太太。丘老太太是本村第一个有钱的寡妇，田冲是善于利用这种关系进行工作的。上一次，她把丘老太太一口一个干娘，叫得没合上嘴。这回，她

---

① 不走运的意思。

下决心攻破这个堡垒，要为村妇救会工作铺平道路。

田冲原是保定师范的学生，今年二十一岁。她的鼻子不大，一撮短发从白毛巾里露出来，吊在凸起的颧骨上。她的牙齿，像贝壳一般白。她的柔嫩的乳白色的下巴，长着一层茸毛，只有在阳光下才看得出来，因此显得十分动人。除此之外，她和男人一样，一身青粗布衣裤，扎腿，布底皂鞋，右大襟的纽扣一直扣到脖颈上。她的胸前，用白线绳挂着一个日记本和一段铅笔，这是全县救亡工作人员特有的标志。

由保定师范一块儿出来工作的女同志之间，曾有过一场反对恋爱的秘密辩论。辩论进行得相当激烈，田冲是坚决站在反对恋爱那一边的。她问："工作第一，还是恋爱第一？"有人回答她道："恋爱是恋爱，工作是工作，两者应该分开。恋爱并不犯法，那只因为群众觉悟低。"田冲接着又镇静地反问道："群众觉悟低是谁的责任呢？我们的神圣职责，就是要唤醒群众，做好救亡工作。可是有人诬蔑我们为了恋爱自由才做救亡工作。我认为摆在我们面前的，首先是工作，不是恋爱。"那人仍然不服地说："抗战十年也得等十年吗？"田冲道："为什么？我们的工作越积极，条件就会越快地成熟起来。我们现在这样做，正是为了不久的将来。群众的同情和了解，是我们解决恋爱问题的基础。"

在田冲胸前的笔记本上，写着她们的工作纲领："援助前方，巩固后方，保卫妇女儿童自身的安全！"在这个本子上，也写着她今天和丘老太太的谈话提纲。

一个钟头以后，田冲从丘老太太那里走出来。丘老太太跟在后面，心疼地喊着："慢点走哇！我的好孩子！看你一跳一跳的……"

"回去吧！干娘。我待会儿还来！"

田冲走了一会儿，才放慢了脚步。她一想起刚才的谈话，忍不住微笑起来。田冲刚进去时，她还是个秃鬓角大脸盘、意志消沉的老太太；田冲走出来，她已变成满脸贴金的弥勒佛了。"就让她这样走进救亡队伍来吧！因为她也是一份抗日力量……"田冲这样愉快地想着。

不等田冲走进妇救会，杨主任早已迎了出来。田冲走进去一看，各个委员都在，仿佛正在谈着一件难以解决的事。果然杨主任开口道："快来给我们出个主意吧！你看快把人急死啦！"

"不，还是先谈检阅大会吧！"除奸委员拦住，她不以为别的事会比她的事要紧。可是杨主任坚持自己的意见，说："你那个先放放。田冲快上炕坐下，让我先说这一件……"

原来昨天晚上，妇救会接受了一个离婚案件。从前，她们背地最爱议论谁家媳妇命不乖，谁家媳妇苦情，不知掉过多少眼泪，也不知诅咒过多少次那些混账男人。现在有了妇救会，理该给那些受压迫的女人当家做主了。可是她们知道，妇救会面对着的不是一个男人，而是全体男人。有些男人对妇救会早就看不顺眼，正在窥伺这个机会，要一下子把妇救会打倒。那时他们会说："怎么，成立妇救会就为的这个吗？就为的叫我们男人全打光棍吗？看你们有什么本事，你们离开男人，一天也活不成。"

要离婚的这个女人叫蔡秀娥。她从小在这个村子长大，今年才十九岁。四年前她嫁给张德全，没有一天不挨打受气，天天喝泪水过日子，眼看这个细皮嫩肉的小媳妇就给折磨坏了。除奸委员背地对杨主任说："为什么不照蔡秀娥的意思办？这正好给组织委员一个下马威。别人也不是瞎子，谁叫她也虐待儿媳妇？"但是杨主任担心妇救会和全村的关系，假如男人们闹起来，又怎么办？主任因此没了主意，她向田冲说道："张德全那小子，整天溜溜达达，又不当自卫队，倒应该整治整治他。"

田冲正往本子上记什么。她听了主任的叙述，抬起头来说道："你们想的都对，可是我说让他们离婚更有道理。封建势力自然不乐意我们这么办，别忘记还有受男人气的女人站在我们一边，她们都会拥护我们的。"

"要是砸碎妇救会的牌子，恐怕铁匠也箍不上。"组织委员瞪着乌鸡眼，说，"看你说的，你操这么大的心干什么？"

除奸委员快眉快眼地扫她一下，这么顶住了。田冲也把嗓子眼里的火苗咽了几咽才说道："这话要倒过来说，齐王庄的妇女要是不能团结起来，妇救会的牌子真的不保险，我们怎么才能团结起来呢？我看蔡秀娥离婚的事，就能叫我们全体妇女团结起来。大家团结起来就是力量。"

最后一句话，是她早就写在小本上的。大家听了这句话，都望着田冲乳白色的鼻尖，心里向她靠拢，真的感到了一股团结的力量。只有组织委员一个人，像是甩在海滩上的死鱼，翻着白眼。田冲走过去，拢住组织委员肩膀，满脸堆笑地说道："我们都是妇女里面的头头，我们要领着妇女翻身，能把妇女从压迫里解放出来，也是一份抗日力量。你想想，蔡秀娥这件事，我们若不帮助她还有谁呢？我们是反对男人压迫女人的，我们不帮助她，不就等于帮助男人压迫女人吗？"

田冲最后想说："男人不能压迫女人，说到女人就更不应该压迫女人了。"可是这句话在她舌尖上打了个圈，没有说出来。杨主任是个爱场面的热情人，顺着田冲的话，说了些工作的意义和远景。杨主任咂着嘴唇，反复说了好几次"团结就是力量"。看她的面孔，多么得意这句话，多么爱这句话！田冲也跟着兴奋起来。她对她们叙述铁道附近，离敌人最近那些地方，妇女是如何组织起来的。她说那里的条件，不比这里强，不能公开活动。有的叫姊妹团，有的叫娘儿们会，都是秘密的。现在，她们正在募集破铜烂铁，给抗日军队造枪炮，做的成绩很好。

田冲说了下面一个故事。

那里一个九岁的小姑娘，跟着她娘晚上去开会。她听得入了神嚷起来："娘！婶婶说的什么？"她娘搡她一把，不许她说话。想不到小姑娘入了心，开了会回来，拣了一把破镰刀，跑回来说："娘！这不是姊妹团要咱做的吗？你给她们送去，不叫开会我早换麻花吃啦！"

杨主任听完了，叹口气说："看！这孩子多乖！"

除奸委员也感动得高一腔、低一腔地数说起来："看看人家，噫！咱们呢？眼看开检阅大会啦，连个女自卫队还编不起来，这怎能对得住靠近敌区的姊妹们……"

平常，准会七言八语地吵起来。现在，既有田冲在场，看她会说什么吧。果然田冲开口说道："组织女自卫队没有什么难的，只怨你们没把识字班先办起来。你们以为开识字班，只为了识字吗？不，咱们要把识字班，当作咱们公开集会和公开宣传的地方。只要抓住识字班，什么事都会办成。这也没有关系，秋收是咱们组织自卫队的好机会。这个月的中心工作，是募集救国公债，咱们就先从这件工作入手吧！"

"提起募集工作，真是困难哪！"杨主任情不自禁地说。

田冲抓住胸前那支铅笔，敲了敲回答道："不，我们一定要做出个样子来。募捐工作要走在前头，检阅大会也不要落在后面。"

"男人的工作可糟透啦！"宣传委员很怕煞自己的威风，抢着说，"他们把检阅大会当耳旁风，沾钱的事，也是吊儿郎当的。"

田冲没有让她说下去，环顾着大家说："不管他们。咱们先去募捐，现在就分派人手吧！"

"怎么开始呢？"杨主任问。

"捐钱的事，先抓大头，从丘老太太那里募起，先要打响头一炮，就能轰开。早晨我到她家去过啦！"

田冲说起她认丘老太太做干妈的经过。乡村里认个干妈本是很普通的事，田冲做起来，却不同寻常，仿佛说："看吧！这就是田冲的神机妙算哪！"

吃过午饭，她们拿着募捐册走出来了。大家都充满信心，笑着，谈着。只有组织委员一个人跟在后面，闷着头不说话。

丘老太太从窗眼里看见她们，扯正了衣襟走出来，笑面相迎地说："干女儿来啦！我正盼着呢！"她又转向众人，"快进来，看这一阵风，把你们全刮来啦！"

"你老人家有福，看你干女儿多俊气。"宣传委员嘴快地说。

"用不着我扯旗放炮，我不疼别的，只疼我干女儿这张灵巧嘴，看她一顿饭的工夫就把我说活啦，你们坐啊！我知道你们干什么来啦！"

　　宣传委员早把募捐本子递过去，顺口说："就看你老人家捐多少啦！"

　　"我也不看风，也不看云，给我写上十五担麦子！"

　　"都像干妈这样，咱妇女的事早做好啦！"田冲说。

　　宣传委员在募捐本上画道道。杨主任生怕失去时机，赶紧说："丘大娘，你捐的敢情是救国公粮，还有救国公债呢！"

　　"你忙什么，我还没有说完哪！再给我写上七十五块大洋。在地下埋了几年，这会儿可得叫它见天日啦！"

　　组织委员想不到会有这么大的成绩，她也挤过来看宣传委员往本子上写字，不禁赞叹着说："在咱村里，真是头一份……"

　　丘老太太听了这些恭维话，越发高声地说："还得说多亏我干女儿那张嘴呀！不叫她，我死了还不知为的谁呢！"当她们写完了簿子要走的时候，丘老太太又说："为了救国，我不能一手巾兜了，这是大家的事。走！我也加上一张嘴，多募点，打日本就多一颗子弹……"

　　丘老太太领到她的亲戚那里。她向她们重复着田冲对她说过的话，又以自己做例子。她坐在炕沿上一板一眼地说："你看我，捐了十五担麦子，又捐了七十五块大洋。我看得明白，不捐钱打日本，等日本来了，杀人烧房子，连个虱子皮也剩不下……"

　　太阳落山的时候，田冲她们个个精疲力竭，但也个个心满意足。杨主任一心一意在计算募捐的数目，别人的话一概听不进去，就像百爪挠心似的，攒着眉毛，低着头，一会儿撞了人家的胳膊，一会儿又踩了别人的脚。田冲却想着检阅大会那天公布成绩的时候，妇救会的募集工作走在前头，她们的女自卫队，也会在大会上博得一阵阵掌声……她如此愉快地幻想着，然后同她们分手了，她今天还得赶回去开会。

　　田冲走到村头，又望见了背后那片柿树和黑枣树。炊烟袅袅升起，树林中一片喜鹊的叫声。一群牛迎面赶来，她闪在路旁等待着。这时背后响起一阵脚步声，田冲回头一看，原来是组织委员一扭一扭地跑来。

田冲早已猜个八分，等着对方开口。组织委员脸上飞起一片粉红的云彩，嘴塞了，心跳了，待了半天，才说："我没脸见人啦！从前心里净盘算妇救会不长，她们也干不好，我就胳膊肘往外扭，和谁都是反脸门神——不对脸。为了我的儿媳妇，我听不得她们的闲言闲语，心里和她们斗气。现在，想起来媳妇子也是个好人，只怪我待她不好……"

田冲本是一副软心肠，看见组织委员回心转意，就安慰她道："我早知道你是个有办法的人哪！为了救国，要发动每一个人，你儿媳妇不也是一份抗日力量吗？你也得干在前头，你干起来会和生龙活虎一样。回去吧！先找杨大妈谈谈心，也谈谈工作。将人心比自心，两好才能变成一好嘛！"

她们谈了好一阵，田冲才走开。黑影落在玉米丛里，田冲走上大道，走了几步回过头，向站在那里的组织委员摆手。

三

蔡秀娥的离婚案件轰动了全村。有些落后的男人张牙舞爪，就像看见一匹脱缰的马，想要跑去，但又没有抓住它的勇气。在妇女堆里，起初也是意见分歧，莫衷一是。这可忙坏了这些委员，她们一个个地进行访问，讲清道理。把蔡秀娥离婚的事比作一条线，告诉她们跨过这条线的，就是有觉悟的、进步的。最后，她们都跨过了这条线，团结在妇救会的周围了。男人们看了看这个阵势，也就不再言语了。

女自卫队也跟着组织起来了。女自卫队和男自卫队有些不同。她们每个岗位上成立一个小组，每个小组也不限定人数。齐王庄组织了三十个小组，共一百五十人。她们每半天换班一次，为了检阅，每个小组还经常操练。

战争的烽火越来越近了。村里已经接到县里的指示，准备实行坚壁清野。他们有了这个借口，还是不给妇救会拨房子，并且遵照指示成立起来的坚壁清野委员会，也没有邀请妇救会参加。

妇救会不甘落后，展开了扩大部队的工作。田冲同志在信上，对这项中心工作指示道："男人上战场，是男人的光荣。我们女人劝自己的男人上战场，是我们女人的光荣。"

宣传委员在讨论会上，发表了一篇冗长的演说："我们过去能够完成募集工作，现在就不能完成扩大部队的工作吗？我说能，能，一百个能，一千个能。谁说不能，就让他在院子里，像鸭子似的晃着屁股，走两趟我们看看。我要问他：你现在能够在后方安稳地生产，这是为的什么？你能够在后方抱着孩子喝稀粥，这是为的什么？这还不是因为抗日军队在前方天天打仗，天天流血，天天牺牲。所以，我又该问啦，这样天天流血牺牲完了，又怎么办呢？有人说：这不是男人不好，是女人拖住男人守在身边。现在我更要问啦，要是所有的男人都守在女人身边，还有谁和鬼子拼命呢？……"

这个讨论会开过之后，扩大部队工作就展开了。到处有人在说："当抗日军人光荣啊！"

"说得对，我第一个叫我的男人去。"扁嘴二嫂像喜鹊一样叫着。

"你想当官太太啦！"杨麻子噘着嘴，讥讽道。

"中国人不都是杨麻子，要都是杨麻子，早亡国啦！"另一人反击着。

"连秃头小全也去啦！你呢？"

"我也去。你报名了吗？咱们一块走吧！"

"老子要是愿意当兵，前五年就做了官啦！""你等着做日本官吧！不要脸的。"女人们骂着。

在中心小学门前一面白墙壁上，用烟灰涂着一块四四方方的黑板，上面写着每日军事简讯。

老人们扶着花镜，站在前面嘟囔道："鬼子要往望都调兵，可禁不住咱们去抄他的后路。"

"抄哪里?"性急的人打听着。

"你没见上面写着,我们要打保定啦!保定净是伪军,有他妈的好几千……"

"伪军不是中国人吗?"

"从前是中国人,现在……咱们八路军可厉害,喊起口号,不缴枪就一枪一个。"

这一天,报名参军的十七个小伙子出发了。这是村妇救会这个月的工作成绩,杨大妈觉得从心眼儿里高兴,当她把这十七个小伙子送出村外的时候,禁不住流起眼泪来了。这十七个人,没有一个不是她从小就认识的:秃头小全,金贵兄弟两个,周二瞎的弟弟,那天在动员大会上报名的还有十几个。杨大妈洒着眼泪嘱咐道:"孩子们,走的时候别回头。多杀几个鬼子,家里用不着你们挂记。你们都有爹,有娘,我也疼过我的孩子。我从心里疼你们,走吧!孩子们……"

工作像流水一样。送走了参军的,优军委员会跟着就成立了。正式决定拨用救国公粮,慰问军属。杨大妈兼任优军委员会主任,她每天都去看望那些军属。

军属中有明理的,也有不明理的。明理的说:"男人走了,我自己过得也很好哇!"不明理的就说:"我的男人替你们打鬼子,快优待我吧!"杨大妈对这些不明理的,也不生气,仍然是苦口婆心地劝导说:"缺米吗,怎么不告诉我?我晚上派人送来。真是的,你男人打鬼子是大家的事呢!"

有些人听不惯这套怪话,在一旁议论道:"看她说的。优待是情,不优待是分。你替人家打鬼子,人家打鬼子又为了谁呢?"

这种简明的道理最能说服人。这个不明理的军属,隔了几天也给前方战士做起鞋来,并且坚决不收妇救会送来的鞋面。她说:"我领了公粮,就过意不去啦!做双鞋算什么,我的男人也在前方呢!"

检阅大会那天,天高气爽,真像节日一样。妇女们先在场院里集合，后来又都集中在中心小学门前的操场上。梳蚂蚁纂的老婆子，大辫子姑娘，还有十四五岁的丫头们，个个喜笑颜开，叽叽喳喳一片闹声，如同一群喜鹊落了满地。

对面场子上，是男自卫队集合的地点，他们那里，人到得不齐。他们又东张张、西望望，倒像是来看女自卫队的热闹。不一会儿，女自卫队站齐了队伍，围场绕行一周，就向离村十五里的镇上出发了。只听见村副田其昌跑到集合地点，看见还有些人没到，就将着络腮胡子大骂道："都钻到狗洞去啦！到时候不操练，到时候不站队，真是丢你们先人的脸！"

在半路上，男自卫队赶上了女自卫队。女自卫队自顾往前走，仿佛他们并不是一个村里人似的。快进镇子的时候，村副田其昌再也忍不住了，跑来赔着笑脸，对杨大妈说："进镇子的时候，让男的先走，你们跟在后面怎么样？"

"男的不好跟在女的后头吗？"杨大妈反问。

"这不像话呀！"

"怎么不像话！要走前面，为什么不早来？要争模范，为什么平常不操练？临时要抱老娘的佛脚啦！我不答应。"

"亲不亲一家人，提这个干什么。"

"再亲也不跟你亲。咱们到大会上说理去。你不给妇救会的识字班拨房子，还想砸妇救会的牌子……"

要是不叫田其昌跑开，杨大妈走到会场也会说不完呢！杨大妈鼓着眼睛，把一股怒气放到口令上了。女自卫队的步子，走得唰唰直响，引起会场上一片掌声。男自卫队跟在后面，就像没娘的孩子那样，抬不起头来。

有人问道："这是哪里的自卫队，真棒！"

另一人回答："你没看见后面跟着田其昌，这是齐王庄的。"

"女的比不了，全场第一。"

"他们真有办法，把女的排在前边，显得多么整齐！"

170

齐王庄的男自卫队听了这番话，才鼓起劲来。胸脯挺起来了，脚步也响了。

　　会场上，掌声过去之后，又响起了一片歌声。县长穿着一身灰布衣裳，在检阅台上向下望着。他是一个挎盒子枪的武装县长，谁知道不久以前他还只是一个斯文的大学生呢？在他面前，万头攒动的人群，像沸腾的大海一样。看着这支气势雄壮的抗日后备军，胸脯挺得高高的，好像一口气就可以把望都的敌人吹进东海似的。

　　齐王庄的自卫队，已经消失在人海里了。一片红缨枪，一齐在头上摇动。一些人站起来了，一些人又坐下去了。闪动着的白头巾，就像是一片白云飘上又飘下。挑战唱歌的口号声此起彼落，有如起伏的山岭，而一支一支的抗战歌曲，就像百川长流一样。

　　不过，齐王庄的女自卫队没有唱歌，有些静悄悄的。村副的女儿田秀英脸上红了一阵，两眼闪着泪花，扯着杨大妈的袖子，说："主任，这样活丢脸，我受不了。"

　　"你说咱们不唱歌吗？"

　　"咱们又不哑巴，又不耳聋，听听人家唱得多热闹。咱们怎么不唱啊？"

　　杨大妈说："孩子，你不懂。咱们一唱，男自卫队更挂不住脸啦！"

　　"不管他们，咱们唱咱们的。"田秀英愤恨地望了爸爸一眼。

　　"咱们也唱不太好，还是不唱吧！让我们练好了再唱。"

　　"光说练，我也没见练过。"

　　"这可得怨你爸啦！只等他拨房子，开了识字班，什么都好办了。"

　　检阅台上，一只喇叭筒响起来。各个自卫队按照口令排起队伍，绕场一周。女自卫队经过检阅台的时候，检阅台上的掌声鼓得特别起劲。齐王庄的女自卫队人数最多，步子也最整齐。她们走过检阅台，心也跳得最厉害，仿佛县长把每个人都看到了。她们大踏步走回原来的地方坐下，个个张着嘴，红扑扑的脸就像有十个太阳在烤着一样。

县长站在台上讲话了。多半因为她们的心还在跳，所以只听进一些零星的字句："……加强站岗放哨……迎接敌人进攻……准备坚壁清野……"

她们从来没有看见这么多人鼓掌，又鼓得这么长。再说，台上的演讲，底下听不清楚，她们就更爱那些口号声了。一个口号从台上喊起，前面的人跟着台上喊，后面的人又跟着前面的人喊。因为会场太大，就像行军部队传话那样，喊了一遍又一遍，同样的口号，总要重复几次，时间固然拉长了，听起来可是蛮有劲的……

自由讲话一开始，杨大妈就站起来了。她揪了揪衣襟，对田秀英说："别看齐王庄唱歌落后了，讲话可得跑在前头……"

杨大妈说着就向台上走去。村副的女儿田秀英替杨大妈提着一颗心。杨大妈三步两步跨上检阅台，仿佛喘息了一会儿，才对台下作了一个揖。田秀英的心差不多塞到嗓子眼上了。她听见杨大妈在说："我是齐王庄妇救会主任，说起来我也是一份抗日力量……"

不知什么时候，除奸委员挤到田秀英身旁坐下，她问："刚才杨主任讲些什么？"

"你问她上台前说了什么吗？"田秀英重复了一遍说，"她为了齐王庄不会唱歌，才去头一个讲话的。"

"是呀！咱们不会唱歌，多可惜呀！"除奸委员的脸阴下来，叹息着说。

这时又传来了杨大妈讲话的声音："……说起救国公债，没有的，也拿不着。你没有进项，县里也不派你。要是派了多少合理负担，依我说派了就拿，别叫县长操心啦！我们齐王庄救国公债，成绩第一，县里也知道。再说说妇救会的工作，谁都知道我们除奸委员，抓了一个汉奸……"

田秀英搡着除奸委员说："在说你哪！"

"不要她说，我还要上台呢！"

"你上台干什么?"

"我?"除奸委员的眼睛冒着火花,她说,"我要去赚回这个脸来,看看咱们齐王庄到底会唱不会唱!"

"你真的上台唱吗?"

"这就去!"

"哎哟,天哪!"田秀英胸脯掀起老高,这样喊着。

除奸委员爬上台去,杨大妈也演说完了。除奸委员向台下瞧了一眼,立刻有人喊道:"就是她抓了一个汉奸!"

"欢迎齐王庄的除奸委员讲话!"

台上台下一齐鼓起掌来。除奸委员因为看杨大妈作揖不时派,她深深地行了一个鞠躬礼,然后说道:"我不会讲话,只会顺口胡嘞嘞。现在我就嘞嘞几句给大家听。"

她咳嗽了一下,提高嗓门唱起来:

> 我们姐儿仨,
>
> 大姐不能说,
>
> 二姐不能言,
>
> 剩下我老三捉汉奸。

字句简洁,声音动听。这支歌唱出了她热情的抗日心愿。台下的群众热烈地鼓掌,要求再来一个。除奸委员站在台上想了想,就又唱道:

> 撕了我的罗裙,
>
> 扯了我的衫,
>
> 打得鬼子满地钻!

这一首临时编成的歌,又说出了她的愤怒和决心。直到她走下台来，掌声还没有停止。她一路走，一路听见人们说："真有能人哪！"不知这是说她抓汉奸的事，还是说她刚才唱的歌。不过，齐王庄男自卫队拍掌拍得那么厉害，她知道这准是为了她在台上唱了歌，他们有了面子的缘故。

在县长总结各自卫队成绩的时候，齐王庄争取了两个第一：募集工作第一，女自卫队第一。

在归途中，齐王庄的女自卫队，仍然走在男自卫队的前面。进了村子，杨大妈在那棵空心大槐树底下站住，村副田其昌从后面走上来，两人相遇了。村副笑着脸说："想不到齐王庄，也能得到两个第一！"

"要是能唱几个歌子，保准还能得三个第一呢！"杨大妈说。

"当然，当然……"

田秀英跑来对她爸爸说："爸爸，你还说呢，都怨你不给识字班拨房子。"

"有你说的，快给我滚！"

第二天，妇救会得到了房子，识字班马上办起来了。

四

识字班占了场院附近五间瓦房，隔一天上一次课，半小时识字，半小时讲政治。政治课的第一个题目：什么叫作合理负担？

田秀英是第一个报名的。论起学习来，杨大妈比谁都积极。

"看人家田冲同志，能说能写，每个人都像她就成啦！"

她这话像是对别人说的，又像是对自己说的。她拿着一块石板，跟田秀英一块儿写"主义"的"义"字。她写了一遍，又一遍，最后想拉长那一钩，手上又没劲。她叹了一口气说："我怎么越写越不像，真不跟你们年轻人哪！"

角落里有人擤鼻涕，姑娘们无缘无故嘿嘿笑着，带着小孩来学习的母亲们，缠得没法，只得擦掉石板上的字，给孩子画了一个大南瓜。

学习了一会儿，田秀英嚷道："唱歌呀！先生。"

所有的人，放下了石板附和着："唱吧！多练几个，下次开大会好唱。"

识字班的先生是中心小学校的教师，她提议说："咱们先唱《义勇军进行曲》吧！"

　　起来！不愿做奴隶的人们……

不知什么时候，田冲同志来了。她蹲在门口跟着唱歌，但她是躲不住的，杨大妈马上走来欢迎她。田冲同志向带孩子的母亲问长问短，又转向一个梳辫子的姑娘，问道："你叫什么名字呀？"

姑娘把脸躲在门框外面，回道："我的名字不好听，你给我起一个吧！"

杨大妈接着说，这姑娘叫王美玉，读过几年小学的。田冲同志也很爱这个漂亮的姑娘，就说："要起名字，叫王爱国好不好？"

"好！"

王美玉红着脸跑开了。别的人围上来了，都在嚷着："我也起一个！"

一个老婆子走来说："我一辈子都叫狗子他妈，叫够啦！也给我起一个。"

田冲同志闪着两只发亮的眼睛，如同分发奖品似的，她向每个人投去她想到的名字。"好，你叫全民。""你叫奋斗，就是要奋斗到底的奋斗！""还有你，胜利两个字也不错。"说到后来，她自己也笑起来了，对大家说道："这真成了起名大会啦！咱们往后，名字越新越好，叫得越响越好。"

丘老太太从门外跨进来，抢着说："给我老婆子也起一个吧！"

"干娘，你也来学习吗？"

"我不能学习,来看看这些年轻的脸蛋,心里也喜欢哪!"丘老太太把嘴角拉下来,像有重要事要说似的,"我儿到县政府去当个勤务员,算不算支援前方啊?叫他当兵我可舍不得。叫他到县上嘛,早晚还能看着……"

这样谈了半天,田冲同志才来到妇救会。她检查了扩大部队工作。规定的二十个,只完成了十七个。杨大妈虽然只有一个独生子,她自告奋勇送自己的儿子去参军,还说儿子一去,准能再约上两个同伴。

田冲同志传达了下个月的中心工作,是归队工作。最后她说,一一五师的骑兵营开来了。关于骑兵营,民间传说了不少天兵天将的故事。他们今天调到这里,明天又调到那里。不要说敌人说骑兵营神出鬼没,连老百姓也挨不着骑兵营的边。这完县就是骑兵营打下来的。那时,老百姓第一次看见中国军队和日本鬼子火拼,而且打得这么痛快,禁不住喊起来:"送大米去!送猪肉去!"慰劳品堆得像山一样,可是骑兵营只吃了一顿,又开拔了。从此,他们天天盼着骑兵营。这回,一听骑兵营又来了,个个眉飞色舞,说道:"这下可盼来啦!"

"昨晚骑兵营就摸了一次唐县城,"田冲沉静地说,"一区募了茄子、黄瓜、豆角,二区是葡萄,咱们三区呢?"

"你说三区有什么呢?"杨大妈蹙着眉心说,"净送枣子可不像话呀!"

"没有土产,想别的办法呀!"田冲又说,"咱们可以和别的村子合起来,没有土产,还不会捐钱?有了钱买袜子手巾啦、点心饼干啦!"

杨大妈点头同意。她说她明天就去进行。

第二天,杨大妈一出村,就遇见王爱国和孙二嫂在放哨。

孙二嫂二十来岁,手里拿着一副鞋底做活。从前站岗,拿着红缨枪笔挺地站着,后来不是纳鞋底,就是守着纺线车,从开了识字班之后,这又变成学习的地方了。今天,王爱国拿着一块石板,凡是过路人,缴验路条之外,教一个字才能走开。

杨大妈看见她们，老远招呼道："你们辛苦哇！"

"不哪！主任上哪儿去呀？"

杨大妈说了一遍要慰劳骑兵营的事，瞧见那块石板，叹口气说："我教不了怎么办呢？这样吧！凡是像我这样的，由你们考上一个字再放行吧！"

"我们怎能考主任呢？"王爱国说。

"不是考，这是咱们互相学习的办法。我耳聋眼瞎不中用啦，我写个主义的义吧！"

她记得最后那一钩难写，这次她用上劲，居然写得蛮好，心中高兴极了。

一个陌生人骑着自行车，也从村里走出来。为了过河，他下了车，两眼直向王爱国瞧着，然后龇着牙说："呀！真是稀奇，大姑娘也站起岗来啦！"

王爱国装着没听见，走上去问："同志，有路条吗？"

"要路条？凭你那个脸蛋，要什么有什么。"

"有路条，快拿出来。"王爱国依然不动声色地说。

"你着什么急呀！咱们自家人，有话慢慢说。"

"没有路条，不得过去。"

"哎呀！"小伙子往怀里摸了一把，故意说，"忘了带啦！"

"没有路条，跟我到村公所去！"

"真够厉害的！哼！你们娘们儿，偏查不了我。"

小伙子骑上自行车就要走，但王爱国比他还快，从孙二嫂手中抢过一把锥子，朝着前带扎了两下。"扑——哧——"前带撒气啦！

小伙子从车上跳下来，嚷道："要路条给路条，凭什么扎我的带呀！"

这时，才看出王爱国的厉害，她仍然神色不动地说："要是正经人，开什么玩笑，你怕不敢把你当汉奸办吗？"

小伙子从怀里掏出路条，手气得直哆嗦。他再没有向王爱国看一眼，推上破车子，向河边走去了。

杨大妈说了声："这人自讨没趣！"也跟着向河边走去。

这河没有木桥，也没有垫脚的石头。一道清水，急急地流着。王爱国在后面喊："主任，你可怎么过呀！"

"我怎么不行。今天义字那一钩都写成了，我还怕这一道小河？"杨大妈一边说着，一边脱了鞋袜，走下了河滩。

王爱国赶到河滩，杨大妈已走到河心了。那个小伙子早已过了河，好奇地站下来望着。杨大妈回过头来对王爱国喊道："下次我可有经验啦！带上两双鞋，过河穿旧的，过了河换上新的。"

那个小伙子抿着嘴笑，向杨大妈问道："大娘到哪个村去？"

"前村。"杨大妈答。

"想是公事？"

"有点公事，不大。"

"我和你一起走吧！我也是前村的。"

一路上，杨大妈很少说话。因为她在想着一连串的变化：完县是骑兵营打开的；鬼子要进攻完县的时候，骑兵营又开来啦！在她眼前，一幅战争的图画展开了。可是她突然想："坚壁清野之后，骑兵营来了，谁招呼呢？"为了这个，她在心中决定先把村里的老太太组织起来。让她们留在村里最后再走，专给军队烧饭、洗衣服。"这工作由蔡秀娥领着干吧，从她离婚之后，还没给她分配工作呢。"

"大娘，到啦！"

她听见这么喊了一声，才记起这个小伙子来，她对他教训道："想不到你就是前村的。你说后村站岗的厉害吗？依我看骑兵营比这还厉害，鬼子真怕他。你要是个坏人，你就小心点。"

五

齐王庄接到了一个紧急通知。通知上写着欢迎反正的冀东保安队的注意事项：一、募集慰劳品；二、即日在公路两旁排队欢迎；三、

178

当晚在镇子上开欢迎大会。

田冲同志也写来了三十个字的鸡毛信，上面写着这样两句话："发动群众欢迎，一方面可以检阅自己的队伍，一方面也是欢迎反正弟兄最好的礼物。"

"冀东保安队在保定反正，是我们在保定战线上伟大的胜利！"

从县里回来的人，这样传说着："四千多啊！都是明枪明刀，武装整齐，呱呱叫哇！"

同时也传来了冀东保安队反正的故事。

从我们的敌工同志同冀东保安队接上关系之后，很快议定了反正的日期。我们在那一天，派去了接应部队，还开去了几辆汽车，接军官的家属。一连等了两个钟头，不见动静。我们正要派人进城，里面出来一位副官说，最好再等一两天。因为再等一两天，就该发饷了，士兵们都说："拿着饷反正，岂不更好！"我们听了这个变故，只好叫司号员吹撤退号。我们刚走，他们就接到了日军司令部的电报，调他们火速回到北平整训。他们知道走漏了消息，在第二天晚上，便撤出了保定。他们出了城，正遇见日本由北平开来的铁甲列车，激战了整整一夜，直到今天早晨，才退出战斗。

杨大妈接到通知，万般喜欢，只是慰劳品措手不及，不好办。村副田其昌，也来商议慰劳品的事。杨大妈这才指手画脚地说："你们男人哪，真是透了气。不说别的，像我们过日子，炒菜烙饼我们干得了，买肉打酒也得娘儿们伸手吗？"

村副的胡子灰溜溜的，用祈求的眼睛，望着杨大妈说："好主任，再帮一次忙吧！以后多商量，这次我真是束手无策。当天指示，当天筹划，我长上十只手也办不了。"

杨大妈想了一阵，对村副说："好吧！你说话算话，以后多到妇救会来上上香，这事包在老娘身上。"

正午，各处响起了哨子。人群全向公路上拥去。男自卫队、女自卫队、少先队、儿童团，此外，那些老头老太太也编成了一个队。公路两旁站得溜严，纸旗摇晃着，足有二三里长。

在那一排柳树底下，摆上了五张八仙桌子，上面放着茶壶茶碗，这是预备给反正的队伍解渴的。

桌子旁边，放着八担慰劳品。杨大妈多么机灵，她一提出骑兵营是自己的人，为什么不把给骑兵营的慰劳品先拿来借用一下，立刻得到了群众的拥护。这些慰劳品就是这么来的。每副担子旁边，站着一个年轻力壮的小伙子。他们准备反正队伍一走过去，就挑起慰劳品跟上去。

秋阳高高地悬在天空，蝉在树梢上叫。欢迎的群众，浑身流汗，一心一意地在等待着。

远远地扬起一阵尘土，接着看见闪光的枪支和黄色的身影。欢迎的群众突然静下来了，个个拭干了眼睛，想看得更清楚些。他们渐渐走近了，多么整齐的步伐呀！可是纸旗的摇动和一连串口号声，吞没了一切。只见一个个紧张严肃的面孔，从这堵人墙中间，匆匆地穿过。

杨大妈不顾一切地扯着走过去的人，说道："坐下来歇歇吧，喝碗水吧！"

杨大妈一说话，所有的人也都说话了。

"帽遮多耀眼哪！"

"真是好枪，崭亮啊！"

"看人家穿的什么衣裳！"

队伍后面，跟着五辆卡车。上面坐满了大大小小的妇女和小孩。他们在八仙桌前停下来，妇女们往车上递茶水。一个老太太紧盯着田秀英说："多俊气的姑娘，十几啦？"

"十七啦！我是女自卫队，每天站岗放哨。"

"看她们多好！啧！"车上的人说。

杨大妈挤上来招呼道："辛苦啦！"

"不辛苦。谢谢你们的水，谢谢你们的招待！"车上的老太太挥着手说。

"听口音，你是东北人吧?"

"对啦!"

这时，汽车开动了。在汽车后面跟着一大串慰劳担子。齐王庄跟在最后。前面还有不少村子，谁知道在齐王庄后面还要有多少担子呢。

通知晚上到镇子上开大会的时候，田秀英跟杨大妈悄悄说，男自卫队今晚没有红缨枪的，全扛粪叉。于是杨大妈通知女自卫队说："他们扛粪叉，咱们扛火铲，晚上早一点站队，不要落在男自卫队后边!"

欢迎大会是在检阅自卫队的会场上举行的。台上燃起了两盏汽油灯，明晃晃的像两只大眼睛。

反正的冀东保安队，已改编叫作游击军了。他们刚刚聚过餐，坐在前排，兴奋地望着台上。

田冲同志今天也来了。她在领导齐王庄的自卫队唱歌。她举起两手打拍子，脖颈上那条白绳随着跳动。她的两眼也在闪光，看去比台上的汽灯还亮。

唱完了歌，田冲走到王爱国跟前，动员她到台上讲话。王爱国羞羞答答地说："我还没见过大姑娘上台演讲的呢!"

"你打冲锋啊!"

王爱国不再唱歌了，她在准备讲话稿。这时，田冲又去动员田秀英参加游艺节目。田秀英问："我会什么呢?"

"松花江独唱不是很好吗?"

"我唱不好。"

田冲劝她说："不怕，先到后台练练，走，我陪你去。"

台上除了县长之外，还有军分区司令员和游击军的首长。开会之后，司令员先讲了话，王爱国也跟着走上台去。她的少女的身影一出现，立刻赢得了游击军战士们的欢呼。她有些拘束不安，仿佛站在台上的不是她自己，她准备的讲词也忘得干干净净。她这样开口道："我是齐王庄的，我代表西三区的群众，欢迎游击军。欢迎游击军回到老家来啦！游击军就是我们的弟兄，他们出去好几年，今天回来啦！他们回来一看，日本鬼子正在欺侮咱们，一齐抡起拳头打鬼子，把日本鬼子赶走，我们才能过太平日子。我要说的，完啦！"

她像刚上台似的，虽然梳着辫子，没戴军帽，还是行了一个举手礼。在她身后是游击军的掌声，迎面而来的是田冲同志领着喊口号的声音。王爱国的心，这时才扑扑地跳起来，她一屁股坐在原来的地方，抱着头埋怨道："叫我演讲干什么？看我说了些什么，真丢死人！"

接着是游击军的首长讲话。

他说，他们是保安队的第三纵队，七七事变以后，本来他们和一、二纵队预备一齐反正。但是国民党来了电报，叫他们按兵不动。当时，三个纵队不住在一起，这封电报偏偏落在三纵队手里。三纵队只得按兵不动，一、二纵队就在约定的时间反正了。一、二纵队拖着汉奸殷汝耕直奔北平。到了北平才知道宋哲元退到保定了，于是又在敌机轰炸下奔到保定。三纵队一直敷衍到现在。当初不知道国民党叫他们按兵不动是什么意思，现在看明白了，无非叫他们枪口对内，打八路军。但是全国只有八路军是真正抗日的，所以和八路军一接上关系就反正了。他说，他现在看见老的、小的，都像看见了亲人一样。他代表四千个战士，向欢迎他们的老百姓致谢意。

最后，游艺节目开始了。

晚风吹着。小贩的提灯，像要与天上星星比美似的，把会场整整围了一圈。

田冲同志惦记着田秀英的独唱，又跑到后台看了一次。因为下一个节目就轮到她了。

台上忽然换了一块用厚纸做成的白山黑水的幕景。田秀英穿着一件朴素的服装，走到幕景前面站住了。

"看哪！这又是齐王庄的！"这是群众在议论。

"这不是端茶水的那个姑娘吗?"那位游击军的老太太,也认出了田秀英。

台下渐渐沉寂下去,所有的视线都集中在田秀英的身上。

在清澈的夜空,飘起了柔婉、凄美的歌词:

> 我的家在东北松花江上,
> 那里有森林煤矿,
> …………

田秀英站在白山黑水的幕景旁边,真像一个东北姑娘,唱出了身受的灾难。游击军队伍中微微有些骚动,但是马上被呵斥的声音压下去了。

"叫什么,听下去!"

"你们不能闭上嘴吗?"

歌词又唱下去:

> 九一八,九一八,
> 从那个悲惨的时候,
> …………

这种哀怨的调子,包含了无限的苦痛和回忆。游击军内有不少东北人,他们想起了"九一八"那年,他们离别了自己的父母,自己的家园……是呀!正像歌词中说的,从那个悲惨的时候,现在已经多少年了呀!站在台上的,也许就是自己的妹妹吧!年老的母亲呢?她现在还活着吗?……忽然台前有个人呜咽起来。这像是一个信号,感情的洪流再也抑制不住了。有好些人也跟着抽抽搭搭地哭起来。

田秀英仍然在唱道:

哪年哪月，

才能够回到我那可爱的故乡。

…………

坐在杨大妈身旁的赵宝兰，因她到过东北，也想起了她死去的丈夫，这时伏在杨大妈的肩上，感动地哭了起来。杨大妈像是失了魂似的说："你这是怎么啦！我已经哭得够心酸的啦！加上你……"

"不啊！主任可得原谅我呀！"赵宝兰一边哭着，一边说，"我也想到我对不起妇救会呀！也对不起你呀！……"

台上围上了一块红色的幕布，白山黑水的幕景看不见了。但是歌声仍在空中回荡，人们的脑子里还在想着沦亡了的东北和家乡。周围一片静寂，那是多么沉痛可怕的静寂呀！

忽然从梦中惊醒了。一个游击军的战士挥着拳头，领着喊道："誓死与完县群众共存亡！"

"打回东北去！"

战士们全站起来，举着自己的手，口号变成了他们的誓词，整个平原好像都震动起来了。

进行第三个节目的时候，远方传来了一阵阵炮声。这是一一五师骑兵营配合军分区部队，在第二次袭击唐县城。这时，军分区司令员骑着马先走了。虽然晚会还在继续，但是战斗已经开始了。

他们知道为了反正的队伍，为了骑兵营袭击唐县，完县的敌人绝不肯罢休，一定会出来扰乱一番的。不过，全县的自卫队，全像齐王庄的自卫队一样，已在长期的训练中，做好了一切战斗准备。

1940年

黄河晚歌

　　我要顺着黄河，向下走到宋家川去。在投宿过的一个村庄里，一位老人对我说："要把狗日的玉皇顶攻下来，对老百姓可太平多啦！"

　　黄河对面最高的一个山顶，便是玉皇顶。它是敌军碉堡的前哨。从前在宋家川以上以下，不论山路、河口，都受到它的威胁。但是今天这个敌人的碉堡，已经不存在了。

　　我到了宋家川的时候，黄河边上立着一群人。我立刻在人群里找到了乡长。乡长说还有一船难民，今晚渡河。黄河对岸的石崖上，有一堆比崖石还黑的人影子。我是由女人们的白头巾上认出他们来的。黄河的水浪在薄薄的晚霞中，向下流去，艄公的吆喝声压倒一切地在叫。半个钟头之后，渡船由对岸摆过来了。

　　船一靠岸，人声马上沸腾起来，就像走近了一个被惊吓的鸡笼一样。一个老太婆从我身旁走过，还不时回头照看她的什物。她自言自语："别看我们是从玉皇顶逃难过来的，这次拔掉这颗钉子可好啦！"

　　她的话说出了他们的斗争，和他们的心愿。过去他们受尽了苦，经过了艰苦的战斗，攻破玉皇顶之后，他们再也不愿生活在敌占区了。

　　翌日早晨，河岸上一个人也没有，一点丢弃的东西也没有。黄河整夜的洗刷，连一点可寻的痕迹也不剩了。河滩上只有石片，一两根树枝和天空多变的早霞。河水平静，在轻轻地拍打着河岸。

　　但是在街上，饭馆里，昨夜的人群出现了。年老的人在太阳底下吸烟，年轻人信步走去，带着潮红的面色，遇到什么吃什么。

我在一个老人面前站住。他有六十多岁，嘴里噙着烟袋，手里握着火镰，但并不敲那火石。仿佛就在这一刻钟，他的生命停止了。

他是玉皇顶战斗中，那位牺牲者的父亲。

我由他嘴里知道，他的儿子叫开门，二十六岁，是一个勇敢的年轻人。他继续说："他跑去夺鬼子的枪，两个人搂在一块，这不是吗……两个人拖住那支枪，你拖我拉的，朝下一坐……响啦……打这儿穿过去……"

老人的手势比他的话要多。他把烟袋擎在头上，两只手绕在一起，用劲向下一顿，然后闭上眼，如同一颗子弹穿中了他的胸膛。

当老人再睁开眼睛时，像一块血斑似的眼球上蒙着一层泪水。他的千百句话，变成了呜咽，泪水马上又为怒火烧干了。

有四个民兵——玉皇顶战斗的参加者，挤在一旁，他们全都年轻大胆。一个叫郝和义，在他的瓜皮帽上，束着一条毛巾，就是他一镢头刨开了和沙米（日兵名译音）的肚子。他愤恨地说，他的父亲曾被敌人扎过两刺刀。另一个叫郭子青，这个不满四尺的铁青面孔的年轻人，跟在张队长后面。敌兵长（头目）沙岛拿着刺刀向他们扑来时，他徒手跃进，用两臂抱住沙岛的小腿，一直把他摔倒。因此，沙岛被活活地俘虏过来了。

这个兵长既凶残，又懦弱。他对游击队嚷道："开路可以，死了不行！""绑绑可以，死了不行！"为了拒绝死路，他情愿被绑起当俘虏。

最光荣的内线工作者卜生同志，一向务农。他为了布置这次战斗，曾在碉堡里住了三夜。其中一夜，他看见五个日本兵终夜酗酒。他们被酒精烧得精光着身子放哨，并且拼命疑神疑鬼地唱歌。就是那个和沙米，一下跑进来掀起卜生说："八路大大的有！"卜生原来是醒着观看动静的，这时又装睡着，忙着问："哪里八路？"原来卜生是借口怕八路，才躲到碉堡来的。自然卜生心中明白，兀自好笑。这个日本兵看见恶作剧成功了，狂笑了一阵。想不到就在后一天，他真的叫起"八路大大的有"而丧命了。

在这之前，卜生为了掩护自己，身任伪青年团副团长。日本人特别信任他，派他探情报。他走进村子，装模作样地问："这村八路的有？"老百姓看他"实行"，心中骂上一句："这小子，变了心！"没有一个人真心对待他。他并不因此伤心，终于在九月一日他借口青年团给皇军送鸡蛋烧酒，开了楼门，引进了二十几个民兵，缴获了五支枪，打死了一个，活捉了两个。

他自己叙述道："那时，我开开楼门。我说开开啦！他们没听见。我又说开开啦！他们还没听见。我就唱了句：'你给我说来，你给我笑，你对我们打整掉①……'向里一摆手，张队长才领头一拥闯进来……"

张队长在他们眼中，是一个真正的民族英雄。"这人，可行……"他们一致称赞着说，有张队长的领导，才有这次的成功。张队长是民兵的灵魂，他们跟着他，就有了勇气、有了信心。

听说张队长精明强悍，浑身是胆。有一次，他用五支枪佯装投敌，带回八十几支三八式来。那时他在敌军那里当××队长，在同八十几个弟兄约好反正的那天晚上，他请了七个日本鬼子，在自己家中吃酒。他一方面打发走弟兄，一方面还回过头来用手榴弹炸毁了自己的窑洞。他说打死日本人，再带走枪不是更好吗？

黄昏以后，黄河变成了暗黑色。十月的冰凌，如同天上的星星一样，在河带上闪烁着。

这时，牺牲者的父亲，对着黄河站了半点钟，又半点钟。他的须发皆白的头，依在手杖上，隔着黄河向远方遥望。

黄河在晚风中，为这位老人奏着英雄的赞歌。

1945年

---

① 民兵所编的小调，"整掉"是"相背而驰"的意思，说明敌人口蜜腹剑。